フラバル・コレクション

剃髪式

Postřižiny
Bohumil Hrabal

ボフミル・フラバル
阿部賢一 訳

BOHUMIL
HRABAL

松籟社

Translated from the Czech by Kenichi Abe.

剃髪式

「ボヴァリー夫人とは私のことだ」

ギュスターヴ・フローベール

1

私が大好きなのは、夜の七時を迎えるあの数分間。布巾やしわくちゃになった『ナーロドニー・ポリティカ』の新聞紙でランプの火屋《ほや》をきれいに拭き、燃えていた芯の黒い部分をマッチ棒でこそいでから、もういちど真鍮のキャップをかぶせる。七時ちょうどになると、あの美しい一瞬が訪れるの。ビール醸造所の機械が停まって、電球が灯っているすべての場所に電流を送っている発電機の回転数が下がりはじめ、電気も電球の光も弱くなり、白い光は徐々に淡い紅色に、淡い紅色の光は薄織や薄地のモスリンを透かした灰色になって、タングステンの膜は、佝僂病《くるびょう》にかかった人の赤い指、赤いト音記号を天井に映し出す。ランプの芯に火を灯して火屋をかぶせ、黄色い炎の舌を出してからバラの装飾が施された乳白色の陶磁のシェードをかぶせる。夜の七時を迎えるあの数分間が好きでたまらない。その数分のあいだ、私はずっと上を見つめている。首をもぎ取られた雄鶏から血が滴るように、電球の光がすっと引いていくのをじっと見つめてしまう。電流の署名が青くなるのを目で追いかける。町の電気がビール醸造所にも引かれ、醸造所のランプ、風に揺れる厩舎内のランプ、丸い小鏡のついたランプ、芯の丸い、ふっくらとしたランプに火が灯されなくなる日がいつかやってくるのかしら、そう思うと身震いしてしまう。ランプの光をありがたがる人などいなくなってしまい、美しいポンプが水道の蛇口に取って代わったように、この祝典もスイッチに役割を奪われてしまうだろうから。私が好きなのは、燃えているランプ。その光の下でテーブルのお皿や食器を片づけたり、新聞や本を広げたりしてね、テーブルクロスにそっと置いた手がランプの光に照らし出されるのが好きなの。手が光で切り抜かれると、刻まれたしわからその人の性格を読み取ることができる。持ち運びもできる、あの石油ランプが好き。夜に来客があった時などはそれを手に持って、お客さんの顔や道を照らすの。私はランプが好き。カーテンに反射したランプの光を浴びながら、私は夢を見る。突然ふっと息をふきかけると、つんとする臭いを出し、暗い部屋のなか咎《とが》められるような臭いが広がっていくランプが好き。ビール醸造所に電気が通るようになっても、余裕があれば、週に一度はランプに火を灯して深い影をつくり、丁寧な扱いが求められるものの夢想をもたらしてくれる、あの黄色い光が発するズーという妙《たえ》なる音に耳を傾けるはず。

事務所にいるフランツィンが芯の丸い、ふっくらとしたふたつのランプに火を灯すと、ふたつのランプはふたりの家政婦がおしゃべりしているみたいにブーという音を出しはじめ、大きなテーブルの端に置くとヒーターのように暖かくなる。ランプはむさぼるように石油を味わっていく。丸いランプの緑のシェードは定規のような精確さで光と影に空間を切り抜き、窓越しに事務所を覗いてみると、硫酸に浸されたフランツィンと闇に呑みこまれたフランツィンのふたりに分裂しているのが見える。ねじを垂直に動かすと、芯が上がったり下がったりする真鍮の青い器具、笠状の真鍮には強い吸引力があって、フランツィンのランプは周囲の空気を吸い込んでしまうほど酸素を消費する。フランツィンがランプの近くにタバコでも置こうものなら、真鍮の蜂の巣の穴は帯状の青い煙を吸い込み、タバコの煙が丸いランプの魔法の円のなかに入ろうものなら、容赦なく吸われてしまう。ガラスの火屋から隙間風が入り込むので炎はよく燃え、炎の上の帽子のほうでは朽ちた切り株の緑っぽい光、鬼火や聖エルモの炎のような光を発していて、それは、まるで丸い芯の脂っぽい黄色い光の上を漂いながら舞い降りてくる、紫の炎の形を借りた聖霊のようだった。フランツィンはこのランプの光の下でビール醸造所の書類を広げ、ビールの総計、収入や支出を書き込んだり、毎年、年の瀬に一年間の決算書を作成するために週単位や月単位の報告書を作成したりしていて、書類のページはかたく糊付けされたワイシャツの胸の部分のようにてかてか光っていた。フランツィンがページをめくると、あのふたつの丸いランプはページがめくられるたびに火を消されるんじゃないかとやきもきしているようで、すやすや眠っていた二羽の鳥が突然起こされたように、ランプはカチカチと音を出したり、腹立たしそうに長い首を振ったりしたかと思うと、洪水を前にした動物たちが落ちつきなく動いているような影絵を天井に映し出していて、天井では、象の耳がパタパタとはためいたり、骸骨の胸郭がぴくぴく動いたり、光の杭に突き刺された二匹の巨大な蛾がガラスの火屋から天井に向かっている様子が半分影になって見え、ランプの真上では激しい照明があたってまばゆいばかりの丸い小鏡が銀貨のようにきらきら煌めき、銀貨はほとんど見分けがつかないほどゆらゆら揺れて、ランプの気分を代弁しているようだった。フランツィンはページをめくっては顧客の氏名をページの上に記していた。古い祈禱書か、祝宴の参列者名簿に名前を書くように、三番のレタリング・ペンを手にしたフランツィンは一文字目を大文字で記すけれども、その文字は装飾用の小さな輪っかやうねる力線《りきせん》にみなぎっていて、事務所で私が腰かけながら、夕闇のなか、フランツィンの手を眺めてみると、ランプが手にさらし粉を塗りたくっているように見えた。私には確信があった、フランツィンは大文字を私の髪のラインをまねて綴っている、それは私の髪の毛から刺激を受けたからにちがいないって。私の髪を見ているといつもぱっと光が放たれるから。夜、鏡に映った自分の姿を見てみると、私の髪型、私の上質の髪のおかげで、ランプがひとつ増えたような気がする。フランツィンは基本となる初めの文字をレタリング・ペンで書くと、そのあと細いペンを手にし、気分次第で緑、青、赤のインクに交互に浸して、ウェーブする私の髪を大文字のまわりに描き、あずまやの周りに生えるバラのように込み入った網や私の髪の力線の枝を描いて、顧客の氏名のイニシャルを飾り立てていた。

事務所からくたくたになって帰ってきたフランツィンが影の差す玄関口に立つと、白いカフスボタンはその日の仕事でどれくらいフランツィンが疲れているか物語ってくれる。一日のあいだに、フランツィンはいろいろな心配事や試練を背負っていたのかしら、カフスは膝に届きそうで、フランツィンは毎日十センチずつ、いやもしかしたらそれ以上背が低くなっていたかもしれない。私にはわかっていた、フランツィンの一番の心配の種は私なのだって。フランツィンは、私を初めて見たその日からずっと目に見えない、けれども現実に存在するリュックサックに私を背負っていて、しかも私は日を追うごとに重さを増している。毎晩、燃えている折畳式のランプの下に私たちは入る、緑のシェードはふたり一緒に入れるぐらいとても大きく、傘のようなシャンデリアの下、石油ランプのシーシーという光の豪雨のなか立ち尽くし、私は片手でフランツィンの腰に手をあて、もう一方の手でうなじを撫でる。すると、フランツィンは瞳を閉じ、心を落ちつかせてから深呼吸をして私の腰に手をかける。はたから見ると、ふたりでダンスでも始めると思うかもしれない、でも、じっさいにはそれ以上のもの、若返りの泉のようなものだった。そのなかで、フランツィンはその日の出来事をすべて私に囁《ささや》き、私は彼を撫で、手を細やかに動かしてしわを撫でると、ほどかれた私の髪をあのひとが撫でてくれる。私が磁器のシャンデリアを下に引っ張るたびに、トルコの踊り子の腰についているキラキラした装飾のような、ビーズのついたカラー硝子《がらす》のチューブがまわりにみっしり吊るしてあるシャンデリアの小さな装飾品が私たちの耳の周りでチリンチリンと鳴っていた。高さが調節できるこの大きなランプは、私たちふたりの耳元まで下りてきた巨大な硝子の帽子、切り揃えられた氷柱《つらら》を吊るす帽子のようだった……フランツィンの頬にある最後のしわを髪の毛や耳の後ろのほうへ延ばしていると、フランツィンはぱっと目を開き、身体をまっすぐにする、カフスがまたお尻の高さになり、私のことを怪訝《けげん》そうに見つめるので、私がにっこりうなずくと、フランツィンも笑みを浮かべてから瞳を閉じ、テーブルに腰かけ、勇気を振り絞って私を見つめてきたので、私も見返してみた。これだけ大きな影響力をあのひとに与えられるのを感じながら。おびえたフィンチをにらみつけるニシキヘビの瞳のように、私の瞳はあのひとに魔法をかけているのだった。

夜、暗くなった中庭からヒヒーンと鳴く馬の声が響き渡った。もう一度いなないたあと、蹄の音、ジャラジャラという鎖の音やバックルの音が響いたので、フランツィンはさっと立ち上がって耳を傾けた。私がランプを手にして廊下に向かいドアを開けてみると、暗闇のなか、ビール醸造所の御者が声を張り上げていた。「エデ、カレ、さあ、止まるんだ!」すると、胸当てにランプを吊るした二頭のベルギーの去勢馬が厩舎から姿を見せた。首輪、それに首輪の装飾に引き革を吊るし、全身に馬具を嵌められた姿で馬車を曳き、疲れきって帰ってきたところだった。一日中ビールの運搬をしたあと、この去勢された種馬たちの頭には、干し草、手桶の穀物、燕麦の缶のことしかないのだろう。二頭の去勢馬は、季節に一回くらいはふっと想い出すのかもしれない、自分が種馬だった時のことや、まだ成長しきってはいないものの、腺があった素晴しい若いころのことを想い起しては立ち上がり、ちょっと反抗するそぶりを見せたり、夕闇のなか、厩舎に戻った時に合図を出そうと、後ずさりしてみたりする。この元種馬は後ずさりしてやがる、と言う人もいるけれども、彼らは後ずさりしているのではなく、今でもなお、最後の瞬間まで忘れてはいないだけ、動物だって自由の道を歩めるはずだっていうことを……今では、特約酒場を次から次へと駆け回っていて、コンクリの通路を進むと道とこすれた蹄の下で時折火花が放たれ、去勢馬の胸のランプは激しく揺れ、ゆらゆらと動くバックルや引き千切れた手綱にぶつかって光の向きを変えたりする。身を屈めてみると、石油ランプの柔和な光のなか、二頭のベルギー馬が、あわせて二千五百キロの体重がある、よく肥えた巨大な去勢馬エデとカレの二頭が動き出そうとしていた。でも、この動作は転倒する危険と隣合わせだった、というのも、縄、革のバックル、手綱で二頭は繋がっているので、一頭が転倒するともう一頭もかならず転倒してしまうからだ。とはいっても、当の本人たちはギャロップをしながらも相手のことが手に取るようにわかっているといった具合で、足を出す時はいつも一緒で、どちらかが前に出るにしてもほんの数センチのずれしかなかった……二頭のあとをあわてふためいて鞭を手にして走って追いかけていたのは、あの哀れな御者だった。一頭でも馬が足を骨折しようものなら、ビール醸造所の事務から何年にもわたって給料を差っぴかれてしまうのではないかと気が気でなかったのだ……二頭ともに使い物にならなくなったら、生涯賃金を明け渡す羽目になるからだ……「さあ、エデ、カレ！　ホラ、イシュテネ」けれども、一組の馬は、麦芽製造所脇から吹く隙間風に向かって走り出し、煙突や発芽室前の泥だらけの道に入って蹄が静まりかえったためだろうか、去勢馬も歩みを緩めたものの、厩舎脇の丸石を敷いたところでスピードをふたたびあげ、廊下の石油ランプの明かりが四角い換気口から差し込むコンクリの通路で、バックル、鎖、蹄鉄が地面とこすれて火を吹く通路で、あの二頭のベルギー馬は駆け出すのだった。それはもはや走行といえるものではなく、どうにか転倒しないようにする動きでしかなく、鼻孔からは鼻息がフーフーと出て、興奮した瞳は恐怖心に満ちあふれ、事務所前の曲がり角で二頭は、コンクリの通路の上で、喜劇のように横滑りしてしまった、けれども二頭ともに後ろ足の蹄鉄でふんばろうとしたので蹄鉄からは火花が散り、御者は恐怖のあまりこちんと固まってしまっていた。フランツィンは玄関に駆け寄っていったけれども、私は戸口のところに立ちつくすばかりで、馬が怪我していないのを祈るだけだった。私にはよくわかっていた、二頭が直面していたのは、私自身の問題でもあるのを。そのあと、エデとカレは横並びで麦芽製造所の隙間風に向かって、同じ足取りで速足で駆けていた。発芽室の前の柔らかい泥道に差しかかると、蹄鉄は音を出さなくなったが、また示し合わせて、三度目のジャンプをしはじめ、御者はひっくり返ってしまい、一方の馬が頭絡《とうらく》を引っ張ったのだろう、ランプが弧を描いて宙を舞ったかと思うと、洗濯所に衝突して粉々になってしまった、この破壊はベルギー馬に新たな力を授けたのか、次々といななきはじめ、すると今度は二頭一緒に、コンクリの通路へ走りはじめた……いても立ってもいられず私はフランツィンを見た。二頭のベルギー馬は私の生まれ変わりのようだったから。じつは抗ってみたいと思っている私の性格なのかもしれなかった。月に一度でいいから、なりふりかまわず発狂してみたい、私もまた、新しい季節が来るたびに、自由を渇望する想いで葛藤している、去勢されたわけではないけれど、どちらかと言うと健康で、元気すぎるこの私も……フランツィンは私のほうをちらりと見て、それから、このびくびくしているベルギーの馬を、明るくなびくたてがみ、褐色の胴体の背後で舞う風に引き寄せられる力強い尻尾を見ると、これは私なのだって、いや、私そのものではないかもしれないけれど、私の性格であって、暗い夜におびえながら、ゆらゆらと揺れる黄金の髪、解き放たれて舞う私の髪なのだとフランツィンは悟った……すると、フランツィンは私を押しのけ、廊下から流れ込む光のトンネルのなかで手を上げて立ち上がり、馬のほうに突進すると、「ドウドウドウドウ！　ホラ！」と声を張り上げた。去勢されたベルギーの種馬はブレーキをかけ、蹄鉄の下で火花が散った。フランツィンは馬の脇に飛びつくやいなや頭絡を摑むと思いっきり引っ張り、泡を吹いている馬の鼻を覆った。すると馬の動きは静かになり、バックル、手綱、馬具の紐が地面にどさりと落ち、駆け寄ってきた御者がもう一頭の頭絡を摑むことができた……「支配人……」御者がどもりながら声を出した。「身体を藁《わら》で拭いて、中庭の奥に連れて行ってくれ……この二頭で、四千の価値があるんだ、わかるかね、マルチン君？」オーストリア時代に槍騎兵とともに従軍していたフランツィンはそう言うと、槍騎兵のような格好で玄関のなかに入ってきた、私がさっと横に避けなかったら、踏み倒されるのではないかと思うほどの勢いだった……暗闇からは鞭の音やベルギー馬の痛々しいいいなきが響いていた、御者の罵る言葉、また鞭の音、それから闇のなかで飛び上がる馬の足音、そして、ベルギー馬の脚に絡みつき、肌に打ち込まれる長い鞭の音が。

2

穀物とジャガイモで育てられているビール醸造所の四頭の豚もまた、私のポートレートを形づくるもの。夏にビートが熟れてくるとその葉っぱを取りに出かけ、摘み取った葉っぱに酵母と古いビールをかける。豚は、一日のうち二十時間は眠り、一日に一キロずつ太っていく。うちの豚は、私が山羊のところに出かけようとするのを聞くと、喜びの声をあげる。でも、そのうち二頭はハム用に売られ、残りの二頭はわが家のザビヤチカ〔畜殺した豚のあらゆる部位を用いる料理〕用に取り置かれているのを豚は知らない。私が山羊のところに到着するやいなや、豚は興奮して声を張り上げる。山羊から搾ったミルクがそのまま自分たちのものになるのを知っているから。ツィツヴァーレクさんは豚のほうをちらりと見るだけで目方を言い当て、しかもその数字に狂いはなかった。そのあとはいつも同じ。豚を二頭抱えて、かご馬車のような肉屋用の手押し車に放り込み、上に網をかけ、こう話すのだ。

「あいつらときたら、まだうちのばあさんが若かったころに初めてチューをしたときみたいに、なかなか胸を開いてくれんのじゃ」

　私は豚に別れの言葉をかけた。「パパパー、私のかわいい豚さん、あなたたちは、きっときれいなハムになるわよ！」

　豚がそんな名声など望んでいないのは私にもわかっていた。でも、私たち、誰のもとにも死はかならず訪れるものであって、従うしか道がない時、自然は慈悲深いものになる。生きとし生ける者は皆寿命が来たらお迎えがくる運命にあって、誰もが恐怖に囲まれている。動物であるか人間であるかに関係なく、ヒューズがとぶように一瞬にしてなにも感じなくなり、痛くもなくなる。臆病でいると、ランプの灯心がすこし下がり、人生はぼんやりしはじめ、恐怖のことなんか忘れてしまう。私はといえば、なかなかいい肉屋にはめぐりあえなかった。ある肉屋はホワイトプディング〔血を加えない、淡い色のソーセージ〕に思いっきり生姜を入れるのでお菓子のようだったし、また別の肉屋は朝から飲んだくれて、豚を叩こうとして木槌を持ちあげたと思いきや、自分の脚を叩く始末。すぐ料理に取りかかれるように包丁を手にして待ちかまえていたこの私が怒って、肉屋の旦那の首をかっきらなかったのは不思議なぐらい。それだけじゃなくて、その肉屋をカートに乗せて医者に連れていき、代わりの肉屋を探さなければならなかったというのに。三人目の肉屋も独特なこだわりがあって、湯煎する代わりに豚の剛毛をガスバーナーで燃やすのを思いつくような人で、スープじゃなくて、この肉屋をトイレに流さなければならなかったほど。だって、皮に剛毛がまだ残っていただけじゃなくて、肉は石油臭く、スープは残った豚でも口にしないものだったので、全部下水に流さなければならなかったから。

私の目にかなった唯一の肉屋、それがミツリークさんだった。まずマーブルケーキ風のバーボフカとミルク入りのコーヒーを私に注文し、それからラムを一杯口にする、けれども、いったんレバーソーセージが釜に入ると、必要なものを包んだ布巾から、用意した三枚のエプロンをさっと取り出す。一枚は、畜殺、湯煎、内臓除去の作業用、二枚目はまな板に臓物を出す時につけ、三枚目のエプロンはもうすぐ出来上がりという時に身につけるのだった。釜をひとつ余分に購入して、ホワイトプディング、ブラッドソーセージ、トラチェンカ〔豚肉のゼリー寄せ〕、臓物を茹でたり、ラードを熱する専用の釜として使うことを教えてくれたのもミツリークさんで、時にこう言うのだった、だってね、奥さん、鍋で料理するとかならずなにかがなかに残っているんだよ、ザビヤチカも基本は一緒、司祭がミサを執り行なうのと一緒、だって血と肉をあつかうんだから、と。

私たちがレバーソーセージやブラッドソーセージに添えるパンを焼いたり、桶を運んだり、夜半まで大麦を煮たり、充分な量の塩、胡椒、生姜、マジョラム、タイムを用意しているうちに、豚のほうは昼ごろにはもう食べるものがなくなり、肉屋のエプロンの臭いを感じ、なにかが始まるのを予感しはじめる、ほかの家畜たちも悲しくなって静まり返り、しまいにはポプラの葉のように身震いしている、ほかの木々はひっそりとして、嵐はカルパチアか、アルプスか、どこか遠くにいってしまったというのに、ポプラの葉っぱは明日命を全うする私の豚のように身震いしている。

豚を抱きかかえて小屋から出すのはいつも私の役目。豚の口をロープで縛るのはいやでたまらなかった、なんでそんなに痛い思いをさせないといけないのって、私が豚を裏切って肉屋さんに運ぶ時には、豚ののど袋、額、そして背中をさすってあげる。斧を手にしたミツリークさんは背後からそっと近づくと、斧を振り上げて、大きな一撃で豚をしとめ、念のために、さらに粉々になった豚の頭蓋骨目がけて二、三発鈍い衝撃を与える、私から包丁を受け取ると、ミツリークさんは膝をついてのどの下に刀をあて、刀先でしばらく動脈を探す、血がどっと流れ出すと、私は鍋を、さらに大きな鍋を下に置く。ミツリークさんはいつも気を遣い、私が容器を替えようとする時には吹き出る血を掌で一旦止め、準備ができるとまた手を放してくれた。そのあと、今度は血が凝固する前にかき回す、まずは片手で、次いで両手で、煙をもくもくと出す美しい血を叩く。ミツリークさんは助手役の御者のマルチンさんとともに豚をまな板に乗せ、ジャグに入れておいたお湯をかける、私は袖をまくり、指をぴんと伸ばして、冷めつつある血をぱたぱた叩きながらかき混ぜ、小さな血の塊を見つけるとにわとりのほうにぱっと放り投げ、冷めつつある血のなかで両腕を肘まで入れていると、徐々に手の力は弱くなり、どうにか両手でかきまわすことができるほどだった。固まった血の最後の塊を豚と一緒に作っているかのようだった。叩いているうちに血はやわらかくなりさっと冷えるので、私は鍋と大鍋から手を出す。かたや毛が刈り取られ、蒸気となった豚は、扉の開いた小屋の梁《はり》のほうへとふわふわと上昇していた。

まな板にはのど袋がまだついている、切断された豚の頭が乗せられ、肩肉の塊をふたつ、私はそこに置いた。中庭を行ったり来たりしていたけれども、髪形を直すのに気を取られて一瞬たりとも無駄にしないように、私は髪をスカーフのなかにしまっていた。というのも、内臓を取り出したミツリークさんは助手に向かって、あそこに行ってこいとか、こっちに早く戻ってこいとか、これを洗っておけ、と次々に指示を出しながらも、当の本人はというと、プラハの旧市街広場の天文時計を手探りで直す盲目のハヌシュ〔天文時計を制作したとされる職人〕よろしく、記憶だけをたよりに豚の内臓のなかをまさぐってはなにかをスライスし、脾臓、肝臓、胃、最後には肺や心臓を取り出していた。私が用意した木桶には美しい肺臓がぶちまけられ、湿った色と形が交響曲を織りなしていた。水泡ゴムのように美しくふくらむ豚の肺の明るい赤色ほど、私が興奮をおぼえるものはなく、嵐の前の雲か、柔らかい羊毛を思わせる、胆汁のエメラルドで彩られた肝臓のダークブラウンの色合いとか、消えゆく蠟燭や蜜蠟のような内臓の節状に伸びている葉状脂肪の黄色ほど、興奮をおぼえる色はほかにはなかった。喉頭も青や淡い赤の輪からできていて、カラフルな掃除機のホースのようだった。私たちがこの美しい物をまな板の上に置くと、ミツリークさんは包丁を取り出して、研ぎ石で研ぎ、まだ温かい肉の塊を切りはじめ、肝臓の一部、腎臓まるごと、半分の脾臓に刃を入れ、私は玉ねぎを炒めた大鍋に肉を次々と入れ、塩と胡椒を念入りに振ってから、昼食用のザビヤチカ・グラーシュに取りかかった。

茹であがった豚の臓物、肩肉、半分になった頭を篩《ふるい》で取り出して、塊をひとつずつまな板に置くと、ミツリークさんが骨を選りすぐる。肉がよく冷えてから、私はのど袋や頰骨の一部を指先で触り、パン代わりに豚の耳を味見した。すると、フランツィンが台所にやってきた。この間なにも食べず、なにも口にしていなかったのだ。窯の前に立ったまま、ぱさぱさのパンを頰張り、コーヒーを飲むと、私のほうをちらりと見た。私の代わりに、恥ずかしく思ったみたいだった。だって、私は嬉々として食べていただけではなく、一リットルの瓶ビールをそのままラッパ飲みしていたから。ミツリークさんはにやりと笑みを浮かべ、礼儀として肉をひとかけら取ろうとした、けれども思いなおしたのか、ミルク入りのコーヒーをすこし飲み、バーボフカを一口味見すると、ミンチングナイフを手に取って袖をまくりあげ、力強い動きを加えると、肉は本来の形や機能を失い、半月型のミンチングナイフでソーセージ用のミンチ肉へと変わっていった。ミツリークさんが掌をぱっと広げると、私は湯通しした香辛料を置いた。香辛料にお湯を注ぐように指示を出した肉屋はミツリークさんが初めてだった。そして、ミツリークさん自身が言っていたけれど、私はミツリークさんのことを感覚的に理解できていたひとりだった。香辛料を振りかけると、細やかな香りがそこら中にぱっと広がり、湿らしたパンをすこし加え、全体をかき混ぜ、力強い掌と指でパンパンと叩いてはかき混ぜ、それから両手で肉を取り出し、平らにし、ちょっと味見をすると、天井を見つめる。その瞬間のミツリークさんの姿といったら、さながら詩人のようだった。悦に入って天井を見つめながら、言葉を次々と発する。「胡椒、塩、生姜、タイム、パン、ニンニク」肉屋の祈禱文を矢継ぎ早に言い終えると、ソーセージ用の肉を私に勧めてくれたので、指ですこし取り口に入れて味わってみると、私もおもわず天井を仰いでしまった。豚に興奮した瞳を見開き、あらゆる香りが入り混じった孔雀のような尻尾を舌の上で味わい、女主人が味つけを確認するように、私はゆっくりとうなずいてみせた。そう、今まさに、レバーソーセージを作る最良の時を迎えていた。ミツリークさんは形を整えたソーセージを持つと、封をした内臓を持ちながら、右手の二本の指で穴をゆっくりと開き、もう一方の手で押していくと、手の先から美しいレバーソーセージができ、私はそれを受け取って栓をする。こういう具合に、ソーセージの肉がなくなり、内臓の皮でつながっているレバーソーセージで鍋がいっぱいになるまで作業は進められた。

「マルチンさん、どこにいるんだい？」ミツリークさんは事あるごとに声を上げた。おそらくいつもそうなのだろう、御者のマルチンさんはすこし暇があると、物置きやら、馬小屋やら、馬車の陰やら、廊下やらで油を売っているのだ、小さな丸い手鏡を取り出し、じっと鏡に写った自分の姿にうっとりし、何時間も馬小屋のなかで立ったまま見とれ、家に帰るのも忘れるほどだった。ピンセットで鼻毛や眉毛を抜いたりし、髪ばかりか、まつ毛も染め、頬におしろいさえつけていた。今度、豚を料理することになったら、助手は別のひとに依頼するようフランツィンに頼んでおかなきゃいけないと思った。「マルチンさん、いったい、どこをほっつき歩いていたのかね？　さあ、この内臓脂肪を切っておくれ、それが終わったら、ひきわり麦入りのブラッドソーセージとパン粉入りのブラッドソーセージを作るよ、いったいどこに行っていたのかね？」

ミツリークさんはひきわり麦入りのブラッドソーセージを詰める作業をしながら、二杯目のラムを飲みほし、血まみれのソーセージ用の肉に指を突っ込んだかと思うと、血の沁みをさっと私の頬につけてくるのだった。そっと微笑む彼の瞳は指輪のようにきらりと輝きを放った、私も血まみれの鍋に手を入れ、肉屋の頬に汚れをつけようとしたところ、ミツリークさんはさっと私を避けたので、私は白い壁に手をつきそうになった。けれども、私が壁に手をつく前に、ミツリークさんは二つ目の染みを私の頬につけ、そのままブラッドソーセージの封をする作業を続けるのだった。私は血のなかにもう一度手を突っ込み、ミツリークさんのほうに向かっていくと、ミツリークさんはサヴォイ・ダンスのように何度も身を交わしたが、どうにか頬に血を塗ることができ、そのあと、ひきわり麦入りのブラッドソーセージの封をした。ミツリークさんを見てみると、健康的で屈託のない笑みを浮かべていたので、私もおもわず笑ってしまった。それは、普通の笑いなんかじゃなく、血や粘液といったものに宿る力を人びとが信じていた異教の時代に見られるような笑いだった。そんな笑いを目にすると、またひきわり麦入りのブラッドソーセージの血をすこし手に取って、ミツリークさんの顔に塗らずにはいられなかった。でもミツリークさんはうまくよけ、負けずに私もぱっと身を交わした。ミツリークさんは大きな声を張り上げたかと思うと、片手で染みを私につけ、もう一方の手でブラッドソーセージの封をする作業を続けていた。ちょうどそこにマルチンさんが瓶詰め作業室からビールのケースを運んできたので、そっと屈んだところに私は血だらけのソーセージがたっぷりついた掌でマルチンさんの頰を塗りたくった。御者のマルチンさんはポケットから丸い手鏡を取り出して、自分の姿を見ると、いつにも増してその姿が気に入ったのか、健康そうな笑みを浮かべ、三本の指で赤いソーセージをすくった。私が建物のなかに走って逃げていくと、マルチンさんも後を追いかけてきたので、私はビール醸造所の取締役会の面々が壁の向こう側で会議をしていて、椅子の音や大声が響いているのをすっかり忘れて、おもわずきゃっと大きな声を張り上げてしまった。それでも、マルチンさんは私の顔に血を塗ってにやりとするのだった。血のおかげで親しみをおぼえたのか、ふふふと笑いながら、私はソファに坐ってカバーを汚さないよう、人形のように手を前に組むと、マルチンさんも同じように手を組んだ、けれどもゆっくりと笑いはじめて身体のほかの部分も動き出し、息がつまりそうな、喜びと咳が入り混じる笑いが込み上げていた。するとミツリークさんも駆け寄ってきて、マルチンさんの頰を掌全体で塗りたくり、そのなかでひきわり麦が真珠のような煌めきを放つと、マルチンさんは笑うのをやめて真剣な面持ちとなり、誰かを殴るようなそぶりを見せたが、丸い手鏡を取り出して見入ってしまった。今まで見たことがないほどの美しさだったのだろう。急ににやりと笑みを浮かべ、のど奥の水門を上げてわっはっはと笑い出し、今度はミツリークさんが三度低い声で小刻みに笑ったけれども、その笑いは、黒ひげの下に隠れている彼の歯そのものだった。私たちは皆、思いっきり笑い転げ、笑い出した理由はわからなかったのに、相手の姿さえ目に入れば十分で、笑い出すたびに身体の弱い部分が痛むほどだった。その瞬間、ドアがバタンと開き、フロックコートを羽織り、胸のあたりにキャベツの葉の模様があるネクタイを締めたフランツィンが駆け寄ってきた。フランツィンは血まみれの面々が笑い転げているのを目にして腕組みをした。私はおもわずソーセージの血を三本の指につけると、フランツィンの頬に塗った。あのひとはそんなことして欲しくなかっただろうに、私は笑ってしまった。フランツィンはすっかり怖じ気づいたのか、すぐに会議室に戻ってしまった。すると会議室にいたふたりの役員は、犯罪でもあったのかと思ったのだろう、その場にくずおれてしまった。そこで、会長のグルントラート博士みずから裏の出口を抜けて台所にやってきた。あたりを見回して、血まみれの面々が大笑いしている光景が目に入ると、ほっと一息ついて腰をかけた。私の手にはまだソーセージの血がついていたので、博士の頬に赤い線をさっと引いてみた。その瞬間、そこにいた全員が黙りこくり、涙目になったグルントラート博士の一挙手一投足に視線が集まった、博士は立ちあがると、拳をぎゅっと握りしめ、ブルドックのような歯をちらりと見せ……にやりと笑った。おそらく血に宿っている力のおかげ、大事を回避しようとする古来伝わる聖なるなにかが豚の血を塗られたことで発散されたのだろう。すると、博士もソーセージの肉に指を突っ込んで走りはじめたので、私は笑いながら居間のほうに逃げ込んだ。博士は私とすれ違いざまに整えられたベッドに手をつき、それから台所に入って拳たっぷりに血を塗りたくると、またすぐに戻ってくるのだった。私はテーブルの下に逃げ込んだので、白いテーブルクロスは私の指紋だらけになってしまった。グルントラート博士は、なにかあるたびにテーブルクロスに血をつけては私を追い越していった。私はキャーキャーと声を張り上げながら、私たちの居間と会議室をつなぐ廊下のほうに逃げていった。会議室は電気が灯っていて、なかに入ると、金ぴかのシャンデリアが吊るされ、その下には緑のベーズのクロスがかけられた長いテーブルがあり、そこには開いたままのファイルや書類が置いてあった。そこに、グルントラート会長本人が私を追いかけて乱入してきたので、役員の誰もが、会長は私を殺そうとしているのか、あるいは、すでに何度も殺害を試みていて、まだ気が済まないのではないかと訝《いぶか》った表情を浮かべていた。フランツィンは坐ったまま、血のついた手で額をこすっていた。会長は、ワーと声を出す私と一緒にテーブルの周りを駆けずり回っていたので、ふたりの額からはぽたぽたと汗が滴っていた。その時、私は足を滑らせて転んでしまった。有限会社となっている町営ビール醸造所の会長であるグルントラート博士が近寄ってきて、掌で私の頬に思う存分塗りつけると、その場に腰をおろし、カフスボタンがゆらゆらと揺れるほど、私と同じくらい笑いはじめた。そう、私たちはふたりとも思いっきり笑った。ほかの役員たちはというと、私たちふたりともどうかしてしまったのだと思い、不安をつのらせていた。

「役員の皆さん、もし気分を害していらっしゃらなければですが、ザビヤチカにご招待させていただきます」私は声をかけた。

するとグルントラート博士が口火を切った。

「支配人、倉庫から瓶のラガーを十ケース運ぶよう指示を出しておくれ。いや、十ケースじゃ足らんな、十二ケースだ」

「さあ、皆さん、こちらにどうぞ。でもいいこと、ザビヤチカ・グラーシュは、スープ用のスプーンで召しあがっていただきますからね、お皿にはたっぷりグラーシュをよそいますよ！　もうすこししたら、ホースラディッシュを添えたレバーソーセージ、ひきわり麦やパン粉入りのブラッドソーセージもできますよ。さあ、こちらからどうぞ！」そう言って、私は血まみれの手を動かして、客人を裏手の出口へと案内した。

そして、夜も更けたころ、取締役会の面々はそれぞれの軽装馬車で帰路につき、私はランプを手に持ってお見送りをした。玄関前では馬車がとまっていて、泥よけに備え付けられた馬車のランプは馬のくすんだ後部を照らし出していた。役員は皆、帰り際にフランツィンと握手をし、肩をぽんと叩いた。その晩、私は寝室でひとりで眠りについた。開け放った窓からは冷たい風が吹き、椅子と椅子のあいだに置かれた板のライ麦のわらの上ではレバーソーセージとブラッドソーセージがきらきらと輝いていて、ベッドのすぐ隣の長い厚い板には、解体された豚の一部、骨を取って小分けにされたもも肉、あばらの厚切り肉、豚のロースト、肩肉、膝肉、豚足など、すべてがミツリークさんの手順に則って並べてあった。ベッドに横たわると、フランツィンが起きて、台所でぬるいコーヒーを注ぎ、乾いたパンをかじっているのが耳に入った。それは、ほんとうに素晴しい晩餐だった。役員の誰もがたらふく平らげたというのに、フランツィンはただひとり台所に立ち、ぬるいコーヒーを入れて、乾いたパンをかじっている。私は羽毛布団の上に横になり、眠りにつく前に、手を伸ばして肩肉に触れてみた。それから、ローストにもそっと触れた。処女のようなヒレ肉の上に指を置いたまま、目を閉じてうつらうつらした。それから豚を丸ごと食べたような夢を見た。朝、目を覚ますと、あまりにものどがからからだったので、ビール瓶を求めて裸足のままで歩き、栓を抜いてむさぼるようにのどの渇きをうるおした。そしてランプをつけ、ビールを手にしたまま、豚肉のひとつひとつを確認して回り、すぐにプリムス〔携帯用の石油コンロ〕をつけた。ももから、美しい赤身のカツレツを二切れ切りとってパンパンと叩き、塩と胡椒を振り、バターをしいて八分ほど焼く。その時間は永遠に続くように思え、よだれが垂れてしまった。まさにこれこそ、私が欲していたものだった。ほとんど生のカツレツの状態でもも肉を二切れ、レモンをすこしかけて食する。しまいには、水もすこし加えてフタをすると、その下から、猛り狂った蒸気が噴き出し、すぐにカツレツをお皿に載せ、私はむさぼるように食べはじめた。いつもと同じように、ナイトガウンに汚れをまき散らし、いつもと同じように、ブラウスに汁や肉汁をぽたぽたとつけてしまった。だって、私にとって食事というのは、単に口に入れるんじゃなくて、がつがつむさぼるように食べることだから……食べ終えてパンでお皿をきれいにしていると、開いたドアの向こうの暗闇で、フランツィンの瞳が私を見つめているのが見えた。品のある女性にふさわしくない食べ方だと非難めいた視線を投げている。存分に食べたじゃないかって。フランツィンの視線はいつも私の食欲をそいでしまうのだった。ランプの上に届もうとすると、芯の煙が肉にまで及ぶんじゃないかと思い、ランプを廊下に運んでから、思いっきり息を吹きかけて明かりを消した。そしてベッドに入り、豚の肩肉に触りながら眠りについた。明日起きたら、シンプルなカツレツを二切れ作ろうって、そう思いながら。

3

ボジャ・チェルヴィンカは私の髪に並々ならぬこだわりがあって、「奥さんの髪は古き良き時代の遺産ですよ、これまでにこんな素晴らしい髪を櫛《くし》で梳《と》かしたことはありません」と言うのが口癖だった。ボジャが私の髪を梳かすと、店内で松明が二つ灯されたようになり、鏡、ボウル、カラフのなかで私の髪の炎が燃え上がったので、ボジャの言葉は本当なんだって私も認めるしかなかった。自分の髪の美しさを実感するのは、ここ、ボジャの店内で、私が牛乳缶に入れて持ってきたカモミールの煎じ汁で髪を洗っている時だけ。髪が湿っているあいだは乾いたらいったいどうなるのかまったく見当がつかなかった。乾きはじめると、何千匹もの黄金の蜂、何千匹もの蛍の生命が髪の房のなかに宿り、何千もの琥珀の水晶が破裂したようになった。たてがみのような私の頭髪にボジャが櫛を入れるとパンとなにかが破裂し、シューと音を出して膨らんだり、グツグツと音を出しはじめ、並んで立っている二頭の種馬の尻尾を馬の毛梳《けす》き櫛で梳かすように、ボジャは膝をつかなければならなかった。ボジャの店はぱっと急に明るくなったので、外で自転車に乗っていた人たちが自転車から飛び降りて、いったいなにごとかとショーウインドーに顔をくっつけて見に来るほどだった。私の髪という雲のなかで夢見心地でいたボジャは邪魔されるのを嫌ってか、店の鍵を閉め、髪の匂いを何度もかいだ。髪を梳かし終わると、甘美に息をつき、それから、私からすべて任されていたので、ボジャは自分の好みで髪を結いはじめ、菫色《すみれいろ》のリボン、緑のリボン、またある時は赤や青のリボンを結び、私自身がまるでカトリックの儀式の一部になり、私の髪が教会の祝日の一部になったかのようだった。そしてようやくお店の鍵を開け、私の自転車を持ってきてくれ、車枠に缶を吊るし、私がサドルに腰かけるのをかしこまった様子で手助けしてくれるのだった。その頃には店の前に人が集まっていて、カモミールの香りが漂う私の髪をじっと見ていた。私がペダルを漕ぎはじめると、ボジャは髪がチェーンやワイヤーに引っかからないようにと髪を持ちながら伴走してくれた。スピードが徐々に速くなると、空に星を投げたり天に竜を投げるように、髪の房の先端をぽいっと宙に浮かせ、そのあと、ゼーハーゼーハー言いながら店に帰っていくのだった。私は自転車を走らせながら、背後で髪がなびくのを感じ、塩や絹を擦る破裂音が聞こえたが、それはブリキの屋根に雨が滴《した》たるような音で、ウィーン・カツレツを揚げるような音でもあった。聖フィリプと聖ヤクプのお祝い〔魔女が集うとされる四月三〇日夜から翌朝にかけて行なわれるお祭り〕をする夜に焼け焦げた枝ほうきを手にした男の子たちが駆けまわったり、魔女を火にかけたりしているかのように、背後では私の髪の煙がたなびいていた。通りかかった人は立ち止まり、広告板を見ているかのように、たなびく髪から目を離せずにいたけれども、私自身はそのことにまったく驚かなかった。視線を感じて、私自身の気分もよかった、カモミールの入っていた空の缶がハンドルとぶつかってカランカランと音を出し、そよぐ風の櫛が私の髪を後ろへと梳かしていた。小さな広場を通り抜けると、視線という視線がたなびく髪にあつまった、自転車の車輪のスポークが車軸にあつまっているのと同じだったが、自転車のペダルを今まさに漕いでいるのはこの私だった。フランツィンは、髪をたなびかせている私に二度ほど遭遇したことがある。私の髪がたなびいているのを見たフランツィンは「あっ」と声をもらすのが関の山で、私に声をかけることも、呼びかけることもままならず、予想外の遭遇に圧倒されて壁に手をつき、息を取り戻すまでしばらく時間がかかった。もし私が声をかけようものなら、卒倒したはず。それほど私のことを愛していて、画家アレシュが教科書に描いたみなし子のように壁にぺたりとくっついた姿をしていた。私はペダルを漕ぎ続け、膝は交互に缶に触れ、向こう側からやってきたサイクリストたちは止まるか、自転車を反転させて、私を追いかけては追い越し、また向きを変えて、私に向かって走って来る人もいた。ブラウスや缶を話題にして、たなびく私の髪、それに私のあらゆることに声をかけてくるのだった。私は穏やかに、そして理解ある態度を見せながら、見物客を満足させるよう努めた。ひとつだけ残念だったのは、自分が誇りと嬉しさを感じるものに向かって、ほかの人と同じく向かい側から自転車を走らせることができなかったこと。そこでもう一度だけ広場を回ってから、目抜き通りに出てみると、グランドホテルの前にはオリオンが置いてあって、その前ではフランツィンが点火プラグを手に持って立っていた。私のことが目に入ったはずなのに、見えなかったふりをするのだった。エンジンがかかっているオリオンのサイドカーには、スパナ、レンチ、ドライバーばかりか、踏んで回転させる小さな旋盤も載せてあった。フランツィンの隣には、有限会社ビール醸造所の役員がふたり立っていて、私の靴が地面につく前に、私は背中に手を伸ばし、髪の毛を手前に引っ張り、膝の上に置いた。

「フランツィン！」

点火プラグを拭こうとしていたフランツィンは私の声を耳にすると、指からプラグを落としてしまった。顔には修理でついた煤《すす》のあとが二か所あった。

「こんにちは、奥さん」役員の人たちが挨拶をしてくれた。

「こんにちは、今日はとってもいい天気ですわね」と声をかけると、フランツィンは髪の根っこまで顔を赤らめた。

「フランツィン、プラグをどこに落としたの？」と私は言った。

私が身を屈めると、フランツィンも膝をつき、サイドカー下のプラグを探そうとした。私は地面にハンカチを置き、いっしょに膝をつくと、髪の毛が地面についた。煙突掃除夫のデ・ジョルジさんは私の髪をそっと手に取ると、聖職者が僧衣を持ちあげるように、自分の肘の高さに持ち上げた。フランツィンは膝をつき、サイドカーの青い影の下に目を凝らしていた、私がそばにいるせいで、どぎまぎしている気分を落ちつかせようとして、探しているふりをしているのはわかっていた。私たちが結婚式を挙げた時もそうだった。結婚指輪を私の指にはめようとした瞬間、フランツィンの指ががたがた震えていたせいで指輪が落っこち、どこかに転がっていってしまった。フランツィン、立会人、さらには列席者の面々が探し回り、はじめのうちは前屈みだったのが四つん這いになり、しまいには神父さんも四つん這いになって教会中を探索し、結婚式の参列者全員が四つん這いで探し回る事態になるのではと思われた時、侍者が説教台の下でみんなが探しているのとは正反対のほうに転がっていったあの丸い結婚指輪を見つけたのだった。その時の私はただ笑うばかりだった、立ったまま笑った……

「側溝の近くになにかあるよ」と少年が言うと、輪っかを転がしながら目抜き通りを駆けていった。

側溝の近くにはプラグがあった、フランツィンは手に取ってバイクに嵌《は》めようとしたけれども、手が震えてしまい、プラグがねじ山のところでカタカタ言っていた。グランドホテルのドアが開き、プルゼンの小さい樽を坐って飲んでいた鍛冶《かじ》職人のベルナーデクさんがビールジョッキを持って出てきた。

「親愛なる奥さん、気を悪くしないでほしいのですが、これも味わってみませんか」

「乾杯、ベルナーデクさん」

私は鼻を泡に沈め、宣誓でもするようにゆっくりと手を上げ、あの甘く苦い飲み物を味わいながらのどに流した、飲み終えて唇のまわりを人差指で拭いて、こう言った。

「うちの醸造所のビールも美味しいわよ」

ベルナーデクさんはお辞儀をした。

「ですが、奥さん、プルゼンのビールは奥さんの髪と同じ色をしていますよ、失礼……」鍛冶職人はぶつぶつ言った。「敬意の証として、奥さんの髪を飲み続けさせていただきます」

お辞儀をして、その場を去った。百二十キロもの巨漢で、ズボンは後ろで思いっきり垂れていて、後ろ姿はまるで象みたいだった。

「フランツィン」私は声をかけた。「おひる、食べにくる?」

フランツィンはモーターの上部にプラグを嵌め、集中しているふりをした。私は役員の面々にお辞儀をして、ペダルを漕ぎはじめ、プルゼン・ビールのような私の髪の毛を背後に投げ、スピードを出して狭い通りを抜け、橋のたもとに出ると、欄干《らんかん》越しにある風景が目の前に傘のようにぱっと広がった。川からは香りが漂い、奥のほうでは麦芽製造所とベージュ色のビール醸造所がそびえ立っていた。わが町の有限会社ビール醸造所が。

4

筋肉増強器の箱の表面には、こう書いてあった。「あなたも美しい肉体になれる、たくましい筋肉と驚異の強さが自分のものに！」

フランツィンは毎朝筋トレをしていた。この筋肉増強器の箱に描かれている剣闘士のようなすばらしい筋肉の持ち主だというのに、フランツィンは自分のことを皮を剝がされたウサギのように思っていた。ストーブの上にジャガイモの入った鍋を置き、見事な筋肉男の写真のある箱を手に取って大きな声で読み上げてみた。

「あなたも、力をつけることができる！　自分よりも体格の大きい獲物を一撃で仕留めるトラのような力を！」

歩道のほうを眺めていたフランツィンは、筋肉増強器の箱を指で握りつぶすと、斧で切り倒されたかのように、ソファの上にばたんと横たわった。そして、なにかつぶやいた。

「ペピンだ」

「ようやく、あなたの兄さんにお目にかかれるのね、やっと義兄《おにい》さんの話が聞けるわ」

窓枠に手をかけると、丸い帽子をかぶり、チェックの半ズボンにチロル風の緑のストッキングを穿《は》き、軍用のリュックサックを背負った男性が歩道に立っていて、鼻を掻いていた。

「ヨジンおじさん」敷居のところから、私は声をかけた。「どうぞ、こちらに」

「いったい、どなたさんかね?」ペピンおじさんが答えた。

「お前はんの義妹《いもうと》です、ようこそいらっしゃいました」

「ほんまか、こんなにめんこい義妹《いもうと》がおるとは。フランツィンはどこや?」そうたずねると、台所や居間に入りこんできた。

「お、ここか、いったいどうした? 折角おまえんところを訪ねて来てやったんだぞ、心配すんな、せいぜいいても、二週間だ」おじさんはどら声で話し、旗か、軍隊の指令のように風を切って走っていった。おじさんがひと言発するたびに、フランツィンは電気が走ったみたいにぴくっと跳ねあがり、毛布にくるまるのだった。

「みんな、お前によろしくって言ってたぞ。だが、ボーハレナはもうあの世に行っちまったけどな。どこかのぐうたらな奴が薪に火薬をかけちまってな、その薪をボーハレナのばあさんがストーブに放り込んだ途端、バンと爆発してね、ばあさんの口を直撃して、しばらく身もだえたものの、すぐにお陀仏さ」

「ボーハレナ？」私はおもわず両手の指を組み合わせた。「お姉さんのこと？」

「姉さんだって？　名付け親だよ、婆さんでね、一日中、リンゴやパンを食べてばっかりいたよ。『子どもたち、わしゃ、もうすぐあの世行きだよ、もうなにもしたくない、寝たいだけだよ……』って、三十年ものあいだ、ずっと言っていたよ……まあ、わしも病気もちだけどな」おじさんはそう言うと、雑嚢《ざつのう》の紐をほどきはじめ、靴修理の道具一式を床に置いた。この騒ぎを耳にしたフランツィンは両手で顔を覆っていて、靴修理の道具でがつんと殴られたかのように「うっ」と嘆き声をあげた。

「ヨジンおじさん」私は声をかけて、天パンを差し出した。「ブフタ〔菓子パンの一種〕をどうぞ」

ペピンおじさんはブフタを二切れ平らげると、また言った。「わしは病気もちなんだ」

「そんなことないわよ」私はしゃがんで、靴型、金槌《かなづち》、皮切りナイフ、ほかの靴修理の道具の上で腕を組もうとした。

「だめ！」おじさんは警告した。「お前さんの髪を巻き込んだら大変だ。フランツィン、教区司祭のズボジルさんはものの付け根を骨折してな、あの世に行くまで治らんそうだ。ザヴィチャークさんが教会の塔の屋根を直していた時のことだが、足場ががっと崩れて、落ちそうになって、おもわず時計の針につかまったんだ、教会にある天文時計の針にだよ、でも、針はだんだん下がっていって、十一時四十五分を指していたのが、十一時半まで下向きになって、その瞬間、ザヴィチャークさんの手は針から離れて、落下しちまったんだ。でも、菩提樹の木がそこにあって、その木の上に落っこちてしまった。ズボジル司祭はというと、ザヴィチャークさんが枝から枝へ落っこち、しまいにゃ、尻もちをついて地面に着地した様子を手をぎゅっと握りしめて見つめていた。司祭がすぐに駆け寄って、声をかけようとしたところ、階段があるのを見落として転んでしまい、足を骨折しちまったというわけ。それで、ザヴィチャークのじいさんがズボジル司祭を抱えて、プロスチェヨフの病院まで運んでいったのさ」

私は婦人用の木製の靴型を手に取って触ってみた。

「本当に見事ね、ねえ、フランツィン？」声をかけると、フランツィンは、ネズミかカエルをつきつけられたみたいに唸り声をあげた。

「ああ、そうだろう」おじさんはそう言うと、鼻眼鏡を取り出して、レンズのない鼻眼鏡をかけた。フランツィンは鼻にレンズなしの鼻眼鏡をかけている兄の姿を見てうーと呻くと、いまにも泣き出さんばかりに壁のほうを向いて寝返りを打った、ソファの羽毛がフランツィンと同じく呻き声をあげた。

「イェゼリのおじさんはなにしているの？」私はたずねてみた。

おじさんはそっけなく手を振り、フランツィンの肩に手を置き、体の向きを自分のほうに向かせると、興奮した様子で大声で話しはじめた。

「イェゼリのメトゥトおじいは、ちょっと変わっちまってね。ある日、新聞で『ひまをもてあましてる？　アライグマを飼ってみては！』という広告が目に入ったんだ。子どもがいなかったメトゥトおじいは、早速この広告に申し込んで、一週間後には箱に入ったアライグマが届いた。これがまた、大変な代物でな！　すぐに誰とでもなかよくなる子どもで、それればかりか、目に入るものはなんでもかんでも洗っちまうんだ。メトゥトおじいの目覚まし時計ばかりか、それに腕時計を三個とも洗ってしまって、もう元には戻せない始末。しまいにゃ、香料もぜんぶ洗っちまった。メトゥトおじいが自転車を分解したときなんぞ、アライグマは部品を小川に持ってって洗ってな、近所の人たちがやってきて、こう言うんだ。『メトゥトおじい、このがらくたはもういらんのかい？　小川で見つけたぞ！』とね。持っていった部品がなにか、おじいが小川に様子を見に行くと、アライグマは自転車の部品のほとんどを持ってってたんだ。それにしても、このブフタはうまいなあ。アライグマが用を済ますのは衣装箪笥《だんす》のところと決まっていて、その便所のおかげで家じゅうが臭くてたまらなくて、部屋中すべて鍵をかけなければならないほどだった。それればかりか、大きな声を出して話すのも憚《はばか》られた。ブフタはうまかったなぁ、こんなに病気じゃなければなぁ。でもアライグマもどこに鍵を置くか注意深く見張っていて、どこに閉じ込められてもすぐに鍵を開けちまうんだ。

なかでもいちばんたちが悪いのが、アライグマは夜通し様子を見ていて、メトゥトおじいが上さんに口づけでもしようものなら、さっと突進してきて、自分にもしろってそぶりを見せるんだ。それで、メトゥトおじいが独身時代のようにロザーラばあさんと森にデートに出かけるときなんか、アライグマがついてきていないか、周りをたえず見回していなければならなかったほど。てな具合で、アライグマが来てからというもの、ひまをもてあますなんてことはなくなった、だが、おじいとおばあが二日ほど家を空けると、聖霊降臨祭のあいだ、すっかり退屈したアライグマはタイル張りの暖炉を分解したり、家具を引っ掻いたり、羽毛布団や洗濯物は使い物にならなくなってしまった。メトゥトおじいは坐り込むと、モラフスカー・オルリツェ紙に広告を出した。『ひまをもてあましている？　アライグマを飼ってみては！』それからどうにか鬱から解放されたというわけ」

ペピンおじさんは話しながら次から次へとブフタを食べ続け、今度は天パンにまで手を伸ばしてなにも残っていないのがわかると手を振りながらまた話しはじめるのだった。

「わしは、病気もちでな」

「ボーハレナみたいにね」と私は答えた。

「なにごちゃごちゃいってるの？」ペピンは声を張り上げた。「ボーハレナはね、リンゴを目いっぱい食べたばあさんのこと、あとは、まぼろしを見たらしいが……」

「リンゴのなかで」私は言葉をさえぎった。

「なわけあるか！　ばあさんっていうのは大抵、まぼろしちゅうもんを見るもんなの、これは教会で見たそうだが」ペピンおじさんは息を詰まらせながら言った。「夜、町の上を大きな馬が駆けていて、馬のたてがみと尻尾が燃えている、するとボーハレナが言う。『戦争になるわ』って。それでほんとうに戦争になったんだ、だがな、フランツィン、去年のうちの町はもうそりゃ大変だった！　ばあさん連中が地面にひざまずいているんだ、じつはわしも見たんだ、広場や教会の上をイエスさまが飛んでいるのを！　でも、そのあとでわかったのは、あの幼いロランが羊番をしていただけだってこと。ただ、そのとき、戦闘機が演習をしていて、飛行機がロープの先にサンドバッグのようなものを吊るし、それ目がけて別の飛行機が空砲を放っていた。けれども、ロープが垂れているのを忘れたんだろうな、そのロープが地面を這ってるときにロランの足を引っ掛けちまったんだ。ロランはブロンドのとてもかわいい子どもだったが、飛行機が空に向かって上昇していくのと一緒に、そのロランも町の上へ上昇しちまったんだ。その様子を見てたばあさん連中が、イエスさまが飛んでいると勘違いしたってわけ、でも、そのロープが教会脇の菩提樹にぶつかると、ザヴィチャークじいさんが枝から枝へ落っこちたみたいに、我らがイエスさまも、つまりロランのことだが、地面に落っこちてしまった。着地したロランはこう言ったらしい。『ぼくの羊たちはどこ？』って。ばあさんたちは、羊たちにご加護をって膝をついてお祈りしたそうな」

おじさんの話し声は大きく、賑やかだったので、部屋中に響き渡っていた。

すでに着替えを終えたフランツィンはフロックコートを羽織り、キャベツの葉っぱみたいな形のネクタイを締めていた。私は曲がっていたゴム襟の角を整え、それから視線を上にあげ、フランツィンの瞳を見つめてから指先に口づけをした。

「二週間だって?」フランツィンが小声で言った。「いいか、二週間、つまり十四日どころか、十四年いるかもしれんぞ、いや、もしかしたら、死ぬまでずっと居座るつもりかもしれん」

悲しげな表情を浮かべていたフランツィンの唇に口づけをすると、恥ずかしくなったのか、品のある女性は公衆の面前でそんなそぶりは見せちゃだめだ、と非難めいた眼差しで私を見た。公衆の面前といっても、ほかにはペピンおじさんしかいないというのに。フランツィンは私の腕を振り払って、裏口から事務所に行ってしまった。観音扉式のガラス戸がゆらゆらと揺れているのが壁越しに聞こえた。結婚してからというもの、フランツィンは「品のある女性」というのをいつも口にする、品のある女性という概念を引き合いに出し、模範的な女性像を描いて見せるのだけれども、私はそんなものにあてはまったことは一度もないし、これからも無理な話というもの。サクランボを食べる時だって、なりふりかまわずものすごい勢いでむさぼるように食べるのが好きなのに、あのひとときたら、髪の根っこまであからめてしまう、その時は、どうしてあんなに怒るのかわからなかったけれども、あとになって、私が口にしているサクランボのせいで、あのひとの気持が落ちつかないでいるのがわかった、だって、品のある女性はサクランボをむさぼるように食べないから。秋になってトウモロコシの皮を剝いていると、皮を剝く私の手、それから私の目が炎のように輝いているのをちらりと見ては、品のある女性はそんなふうにトウモロコシを剝いちゃだめだ、という表情を見せる。ほかの男性がこの光景を見たら、私のように大笑いをしたり目を輝かせることはないものの、私の手がトウモロコシの皮を剝く仕草に、欲求を満たしてほしいという合図を見て取ってくれるかもしれないというのに。

ペピンおじさんは小さな腰かけに靴の修理道具一式を並べ、私の靴を脱がし、道具をすべて確認してから、だての鼻眼鏡をかけ、晴れ晴れとした調子で声を出した。

「じつにすぐれた教養をお持ちの奥さま、わたくしが、壊れた靴をすべてお直ししましょう。このわたくしが靴を納めておりますす御用商人のかたは、宮廷に出入りしているだけでなく、世界各地に靴を輸出されているほど……」

「輸出は、自転車でしているの」と私。

「まさか!」ペピンおじさんが大声を張り上げた。「そこら辺にいるネズミ取りか、皮職人と勘違いしてるのかね? 御用商人は、船も、汽車も持っているんだ、皇帝陛下が自転車に乗っている御用商人でもご覧になろうものなら……」

「え、陛下も自転車に乗るの?」私は手をぎゅっと握った。

「ったく、カササギみたいにいちいちひとの話をさえぎるね」おじさんは叫んだ。「いいかね、御用商人が自転車に乗っているのを、陛下がご覧になったら、すぐに取り上げられちまうはず……」

「自転車を?」と私。

「まさか! 称号だ、あと看板から紋章の鷲がなくなるはず」おじさんは一回せき込んだが、腰かけに並べられた用具を目にすると幸せそうな笑みを浮かべると、箱を取り出してなかを開け、匂いをかぎ、私にも匂いをかがせてくれ、手を振った。

「よく見てるんだ、いいかい、これは靴職人が使う接着剤、つまり、靴用の糊だ」ペピンおじさんはそう言うと、椅子の上に封を開けて箱を置いた。

壁の向こう側からは、会議室の椅子のガタガタという音やひそひそ声での会話、トントンという靴底の音が聞こえ、椅子の音が収まると、フランツィンは会議を始め、ビール醸造所の先月の財政状況の報告を小声で始めていた。

「ヨジンおじさん」私は勇気を出して言った。「そういう御用商人のひとたちは靴を宮廷とか大農場に卸すんでしょう?」

「まったく」ペピンおじさんが声を張り上げた。「子どもみたいにいちいちひとの話をさえぎるね。靴の御用商人が、どうして牛やら穀物やらの世話をしなきゃならんのだ? 御用商人はとても神経細やかなひとたちで、あのカフカのじいさんも神経質なひとだった、娘さんが頭を家具にでもぶつけやしないかと、御用商人のカフカ老人は、パッドがいっぱい入ったかごを工房から担いできて、家具の角という角すべてにパッドをつけていったんだ、そう、それぐらい神経質なひとだったから、ドアをばんと思いっきり開けて、そこにいた娘さんを突き飛ばしてしまったときには、ラータルに助言されたんだ、娘さんの額にもそのパッドをつけとけって」

「ラータルって、ヨジンおじさん、フランツィンのいとこでしょ?」と私。

「ったく」ペピンおじさんは叫んだ。「ラータルは先生だ! 去年、時間の均一性について説明してるときに二階から落っこちたんだ……その説明というのはまるで、汽車がどんどんどんどんどんどん突っ走る、そんな感じだった……ラータルは教室の開けっぱなしの窓に向かって汽車みたいにどんどんどんどん歩いていって、そのまま窓から落っこちて、両手をばたばた振り回しながら、ラータルは転落したんだ、それで、教室にいた全員がどっと窓際に駆け寄っていった、先生はチューリップの花壇で足を骨折したんじゃないかと誰もが思った。でも、ラータルはそこにはいない。どうしたかというと、中庭に出て階段を上り、どんどんどんどんどん汽車が突っ走るように……窓から身を乗り出していた生徒の背後から、教室に戻ってきたんだ!」

会議室からは壁越しに会長のグルントラート博士の声が聞こえた。

「支配人、あの野蛮な声を出しているのは、いったい誰だね?」

「申し訳ありません、わたくしの兄が来ておりまして」とフランツィン。

「なら、向こうに行って、静かにするよう伝えてきなさい。このビール醸造所は私たちのものだと！」

「ラータルさんの奥さんは、いとこのメルツィナでしょ、ヨジンおじさん？」と私は柔和な声で言った。

「なに言っているんだ！　メルツィナと結婚したのはヴァニュラおじさんだ、バルカン急行のシェフだったひとだ、あの頃、あのひとはボヘミア地方に住んでいてね、たしかムニホヴォ・フラジシュチェかどこかだ。バルカン急行はムニホヴォ・フラジシュチェを週に一回通過するので、メルツィナは十時半に犬を放すんだ、犬が駅にたどりつくと、ヴァニュラおじさんはバルカン急行から身を乗り出し、骨の入った大きな箱をぽんと投げる、そして、犬はその箱を家に持って帰るんだ、でも、今年のことだが、ヴァニュラがその骨を投げたところ、箱が駅長にぶつかってしまい、ヴァニュラは制服のクリーニング代を支払わなければならなかったそうな！」ペピンおじさんは叫んだ。

そしてふたたび私の靴を手に取り、レンズのない鼻眼鏡をかけると、にこやかに大声を張り上げた。「これはひどいな、もう一度、ちゃんと説明してあげよう、それからお前さんに返すから履いてみるんだ！　いいかね、これはパリ風《パリザー・シュニット》の仕立てになっているんだ、ここは、つま革、ゲレンクとも言う、甲革のことだ。それからここは靴底で、ゴム底のこと、そしてここは踵《かかと》、アプザッツだ。いいかね、靴屋か靴職人になりたかったら、徒弟修了書がないとだめなんだ、卒業証明書や学位記とおなじようなもんだ。御用商人のヴァインリッヒは……」

「え、ウルリッヒ？」私は耳に手をあてた。

「ヴァインリッヒ！」おじさんは叫んだ。「ワインのヴァインだよ、あるバカ野郎がいてね、すりへらした靴をそのまま御用商人のヴァインリッヒに渡したんだ。すると、御用商人はこう答えたそうな、『お前さん、靴を台無しにしてくれたじゃないか、これをどうしろっていうんだい？』バカ野郎が『ユダヤ人にでも売りな』と答えたんだ、でも、ヴァインリッヒ自身がユダヤ人だったので、『ユダヤ人は豚かなんかのつもりか？』と叫び返したそうな」

「ペピン」そっと私は声を出した。

「ばかばかしい！」おじさんはどなり声をあげ、威嚇するように私の上に立ちあがった。「わしはいろんなところで表彰された。だからといって、そういう上流の人たちが私と付き合うわけないだろ？　ペピンなんて気安く呼ぶわけない？　いいかね、お前さんは、授業に出ずにテストを受けるような馬鹿者だ！」

おじさんは拳で自分の額をバンと殴ったので、鼻眼鏡は箪笥《たんす》の下まで飛んでいった。けれども、私の靴に視線を落とすと、落ち着きを取り戻し、もういちど腰かけて、人差し指で指差しながら、また声を張り上げながらレッスンを続けた。

「ここにあるこれはだね、さっき言ったけど、アプザッツ、つまり踵だ、その踵、つまりアプザッツにはかかと革、かかと革当て、つまりヒールピースがある、この業界では底ならし革として知られているものだ！」

先端が牛の舌のようにざらついた、緑色の長いスプーンを手にして、私はこう言った。「ヨジンおじさん、これは、アプネーマーでしょ？」

「なんだって？」傷ついたように大声を張り上げた。「アプネーマーはこっちのほうだ、鏝《こて》だ、いま手にしているのは、やすり、やすり、泥落としだ！」

するとドアがばんと開き、敷居のところにはフランツィンが立っていて、掌でネクタイを触ってから、腕を開き、ヨジンおじさんのほうにお辞儀をし、そのあと私の腰まで頭を下げてお辞儀をしてから話しはじめた。

「おい、そこのふたりの槍騎兵、なに怒鳴りあってるんだ？　ヨシュコ、なにを大声出しているんだ？」そういうと、開けっぱなしになっていた糊の箱に手を置いた。

「わ、わしじゃない」ペピンおじさんはぶつぶつと話した。

「じゃあ、誰だ？　お前じゃないなら……この私か？」両手を自分のほうに向けて、フランツィンは言った。

「わしのなかにいる誰かだ」ペピンおじさんはそう言い返すと、困惑した様子で指をもじもじ動かしていた。

「いいから、落ちつくんだ、ビール醸造所の取締役会の真っ最中で、会長じきじきにそう伝えるように言われたんだぞ」手を上げると、フランツィンは廊下に戻った……

そのあとでフランツィンの小さな声が聞こえた。フランツィンは先ほどの話を続け、先月分の負債を来月どのように補填するか説明を行なっていた。私はラードの壺をもってきてパンに次々と塗ると、ペピンおじさんに手渡した。おじさんが話をはじめそうになったら、間をおかずにパンを渡していた。けれども、今度は会議室からフランツィンの声がしなくなったかと思うと、ドンドンドンと踵の叩く音、そしてぎゃーという叫び声がして、取締役会の役員全員が立ち上がったのだろう、トーネットチェアの足がガーと動く音がした。会議が終わったのかと思っていたら、ビール醸造所取締役会の議長を務めるグルントラート博士の声が響いた。「会議は、十分間休憩にする！」

事務所と廊下をつなぐドアは誰かに蹴られたようにばたばたと動き、今度は、フランツィンが居間に走ってきて、ネクタイを握りしめながら叫び声をあげた。

「私の椅子に糊を塗ったのは、どこのどいつだ？　まったく！　紙が一枚ぺったりとくっついて、めくることすらできないじゃないか！　デ・ジョルジさんが手伝ってくれたけれども、今度は彼のほうがくっついて、緑のベーズから手を離せない有り様だ！　それればかりか、会長も鼻眼鏡を触ったが最後、鼻から手を放せない始末！　この私は、ネクタイから指が離れないじゃないか、見ろ！」

フランツィンは手を伸ばすと、ネクタイについているゴムバンドがぴんと伸びた。

「お湯を持ってくるわ」と私。

でも、フランツィンは両手をぶっきらぼうに前にだし、ゴムは伸びて切れ、ネクタイを握る手がぱっと離れると、ゴムバンドはフランツィンののどにぱんとあたり、子どものように小さな声で「いたい」とうめいた。

ペピンおじさんは糊のフタを手に取ると、フランツィンに見せて、高らかに告げた。

「この糊をつくったのはだね、靴業界の大手、ウィーンのサラマンダー社だよ！」

おじさんはレンズのない鼻眼鏡をかけ直した。

5

フランツィンは、毎月、バイクでプラハに出かけていたけれども、そのたびになにかが起きて修理をしなければならなかった。でも、帰ってくるフランツィンはいつも上機嫌で、いい表情を浮かべていて、走行不能となったオリオンを元のバイクに戻して、どうやって目的地に帰ってきたかを事細かに話してくれる。帰ってくるというのはビール醸造所にたどりつくということだけで、時にはバイクを押して帰ってくることもあった。けれども不平をこぼすことは一度たりともなく、あの奇妙なものを、十キロも、十五キロも、時には五キロだけだったけれども、そのあいだずっと押してくるのだった。三キロほど離れたズヴィェシーネクという村からオリオンを押して帰ってきた時なんか、どんどん調子が良くなっているよ、と喜んでいたほど。今日、フランツィンはプラハから牛に曳かれて戻ってきた。農夫にお金を手渡し、台所に駆けこんでくると、私はいつものようにぎゅっと抱きしめ、昇降式のランプの下へふたりで移動する。誰かが窓越しに私たちの姿を見たら、きっと驚くはず。これはプラハから戻ってきた時に必ず行なう儀式のようなものになっていて、フランツィンが目を閉じると、私はあのひとの胸ポケットを触ってみる、フランツィンが頭を振ると、今度は左ポケットを触る、フランツィンはまた頭を振るので、私はコートのボタンを外し、上着のポケットを触る、それでもフランツィンは頭を振り、今度はズボンのポケットを触ったけれども、フランツィンはまた頭を振り、幸せそうに瞳を閉じている。私はいつもあのひとの服のどこかから小さな包みを取り出すと、ゆっくりと包装紙をはがし、驚いて喜んでいる表情を装う、それは小さな指輪だったり、ブローチだったりして、腕時計をもらったこともある。でも、この儀式は初めてのものではなく、フランツィンが月に一度ビール醸造所協会を訪問しにプラハへ出かけるようになった時から始まっていた、暗くなるのを待ってからなかに入ると、私に目を閉じるように言うので目を閉じると、フランツィンは台所に入り、そのあと私を寝室に連れていき、鏡の前に私を坐らせて絶対目を開けてはいけないと約束をさせられる、絶対見ないわと答えると私にきれいな帽子をかぶせ、もう目を開けていいよとフランツィンから声をかけられると、私は鏡を覗きこみ、帽子を手に取り、自分の好きなようにかぶってみる、後ろを振り返ると、フランツィンがたずねる。「マリシュカ、これを買ったのは誰だい?」私は答える。「フランツィン」そして彼の手に口づけをすると、私を撫でてくれる。ある時は首元がひやりとしたので、目を開けてみると、ヤブロネッツ貴金属製のネックレスがきらきら光っているのが鏡に映り、フランツィンがたずねる。「これを買ったのは誰だい？」私は手に口づけをしてから答える、「あなたよ、フランツィン」と。そしてまたたずねる。「フランツィンって、誰のことだい？」私は返事をする、「私のだんなさま」と。こういう風に、私は毎月プレゼントをもらった。フランツィンは私の身体のサイズをすべて知り尽くし、暗記し、いつもなにが欲しいかさりげなくたずねてくるのだった。欲しいものをあからさまに口にすることはなかったので、なにか話をしながらフランツィンは欲しいものを探りあててくれるのだった、小さな指輪を初めて買ってきてくれた時は、高さを調節できる緑のシャンデリアの下に立たせ、大きいポケットから小さなポケットまで、全部中身を見てごらん、と言ったがそんなことは初めてだった、プレゼントがどこにあるかすぐに見当がついたけれども、フランツィンに喜んでもらえるよう、探りあてるのは最後まで取っておくことにしていた。

牛に曳かれて帰ってきた今日もまた、目を閉じてごらん、と言うと、そのあいだにフランツィンは寝室になにかを運び込んでいた。部屋の電気を消して私の手を取り、瞳を閉じた私を鏡の前のソファに坐らせ、そしてまたその場を離れてカーテンを閉め、フタかなにかがぱかっと開く音が耳に入ったので、帽子用のケースでも買ってくれたのかしらと思っていた。そのうち、ボルトを差し込むカチッという音が聞こえたので、電化調理具か、特許登録されたばかりの湯沸かし、あるいは紫外線療法用の太陽灯でも買ったのかと思った。するとスーという音がして、徐々にその音は高くなっていった。フランツィンは私の肩にそっと手を置くと、「もういいよ」と言った。目を開けて私が見たのは本当にすばらしいものだった。フランツィンは魔法使いのようにチューブを手にして立っていて、チューブからは青白い光、濃い紫の光が輝き、フランツィンの手、顔、服を照らし出していて、フランツィンが硝子管の勢いの弱い紫の炎を私の手のほうに近づけると両手は魔術的な色彩を帯び、紫のおがくずがスーと音を立て、物質ではない閃光が私の体内に入り込み、夏の嵐の香りを私から発するのを感じた。室内の空気も落雷のあとのような匂いを放っていた。フランツィンはゆっくりとその美しいものを持ちあげ、自分の顔に近づけた。あのひとのうつくしい横顔を眺めてみると、俳優のグンナル・トルネスのように晴れ晴れとした表情で立っていた、それから開いているケースのほうに管を向けると、裏地の赤いフラシ天や蓋にはいろいろな刷毛《はけ》、パイプ、鐘が扇のように挿入されていて、何十もの容器はすべて硝子製で瓶のように閉じられていた。フランツィンは管を手にしてケースから抜いては、ベークライトのホルダーにその美しいものを次々に差し込み、そのたびに硝子の容器は光輝き、スーという音を出しながら、紫の光で充満し、光は人間が求めているように肌のなかに浸透していった。フランツィンは、ネオンガスが入った電極をすべて交換して試し終えると、そっとこう言った。「マリシュカ、もうペピンが大声を出そうともかまわない、私を怒らせようとする奴がいても、ビール醸造所で私をからかおうともかまわない、だってここには……ここには、癒しの光があるのだから、これで健康になるんだ、この高周波数のおかげで人生に新たな喜びが、新しい生活を営む勇気がもたらされるんだ……マリシュカ、君もそうだよ、君の神経、君の健康のためだ、ほら、これが耳を直す陰極《カソード》だよ、こちらは心臓をマッサージしてくれる、いいかい、スーと音を出しながら、君の心臓に磨きをかける燐光なんだよ！　これは、ヒステリーにも癲癇《てんかん》にも効くんだ、紫のオゾンは、上品な人間には考えつかないもの、家のなかでしかしないようなことを人前でしたくなる欲望を君から除去してくれるんだ、こっちの電極は、ものもらい、肝斑《かんぱん》、肉離れ、それから、頭痛に効く、十五番は脳充血や幻覚用だ」小声で話すフランツィンはそれぞれ形状の異なるネオンが充満したものを私の前で広げ、電極は治療器具というよりも、蘭の大きな雌蕊《めしべ》、あるいは棒や花のような形をしていて、耳を傾けるとなんとも言い表わせない、生まれて初めての驚きをおぼえ、幻覚用の電極やヒステリーや癲癇用の高周波数には、私への直接の非難が込められていたにせよ、自己弁護するほどの理由はなかった、ようするに、それほど紫色の美しいものに魅了されてしまっていた。フランツィンはイヤフォンの形をした電極をセットすると私の額に近づけ、鏡に映った自分の姿を見てみると、それはほんとうに素敵なものだった！　私は、まるでアール・ヌーヴォーの絵に描かれた少女のようで、夜の星光を髪に浴びた紫色の水の精ルサルカのようだった！　その真空のケースは、極地のような輝きを放つ、紫の嵐をなかに秘めていた！　フランツィンはケースの上に再度身を屈め、ベークライトのホルダーにネオンの櫛を差し込むと、ネオンの櫛はウィーンかパリの装飾品店のポスターのようにきらきらと輝くのだった。

私に近づきスーと音を出す櫛を髪にあててくれ、私は鏡に映った自分の姿を見てみると、この櫛で髪を梳かしてもらうことにまさる喜びはないのを悟った。フランツィンは、私の気持ちを見透かしたかのように、地面にも届きそうな、嵐のような私の髪を、光を放つ櫛でゆっくりと梳かし、それから立ち上がって今度は高周波数の櫛で髪を梳かしてくれたので、私の全身はかたかたと震えはじめ、そればかりか自分で自分を抱きしめたくなり、フランツィンもそっと息を吐き出しながら、私の髪に顔をうずめたい気持ちを懸命にこらえていた。冷たい紫の嵐のおかげで髪は気持ちよくなって、櫛を放して戻そうとすると、髪の先端があとを追いかけるように浮きあがり、紫の櫛が私の髪を掻き分けると、あの青いボートが早瀬のなか私の髪の滝を落下していくのだった、紫の髄がなかを走っている、空っぽの硝子の櫛が！「マリシュカ」フランツィンがそっと囁き、私の背後に坐るとまたゆっくりと電気で充満した髪を櫛で梳かし、「マリ、これからは毎日これをやらないとね、これを買ったのはね、この青い色で、日々のあらゆる出来事を落ちつかせ、君の神経を和らげるためなんだよ、ぼくの電極は赤になるはず、赤は血のめぐりを良くし、生活のオルガニズムを活気づけてくれるんだ……」フランツィンが小声で話していると、台所奥の物置から金槌を打つ音が響き出し、怒声が、いや段々と怒りが高まっていくおじさんの声が聞こえた。二週間ほど滞在すると言っていたペピンおじさんが私たちのところに来てから、もう一か月が過ぎていた。ランプの下で私が手を曲げながら、そっとフランツィンの顔を撫でて不安を和らげようとしていると、フランツィンが言った。「ペピンの奴がこれから二十年間もぼくたちのとこにいるんじゃないかと思うとぞっとする、いや、一生居座るつもりかもしれない」ペピンおじさんは寝泊まりもしていた物置で、私たちの長靴や靴を直してくれていたけれども、実際に格闘していたのは単なる靴なんかではなくて、なにか生きているもので、投げつけたりし、そればかりか一日中罵っていたので、今まで聞いたことのないような罵り言葉を私は耳にした。その上、おじさんは三十分ごとに修理した靴を手にしては罵り、叩いては投げ、むすっとした表情で椅子に坐っているうちに気分が落ちつき、そっと振り返って靴を眺めると、今度は許しを請い、ふたたび手にしてそっと撫でてから、釘を打ったり、糸を通したりする。指先があまり器用でないのか、ギャーと声を出すこともあって、ナイフを胸にでも刺したのかと思って私が駆け寄ってみると、糸が靴底に通らないということだけだったりし、また、巻かれたスプリングが蓄音機から飛び出したように靴が大変なことになり、手に持っていた石鹼がひゅっと飛び出すように靴も飛び出し、バイクにでも乗っているのか、クローゼットや天井まで飛んでいくのだった。靴が手元から離れると、おじさんも靴を追いかけて飛んでいくのだが、その姿といったら、イングランドのゴールキーパー、ロビンソンがボールに飛びついていく姿を想起させた……

今日もまた、おじさんは声を張り上げていた。「ちくしょう、ちくしょう！」

フランツィンはネオンの櫛を置くと、鞄のなかの器具にフラシ天の布をかけ、おじさんが叫んでいるほうをちらりと見てから、こう言った。

「高周波のおかげで、力がみなぎっているよ」フランツィンがケースを棚にしまうと、私はボタンをとめた。窓のカーテンがふわりと舞い上がり、磁器のボタンが軽く私の歯にあたった。そして、果樹園の先にある薄茶色の麦芽製造所が目に入った。丸くふくらんだランプを手にした職人のひとが階段を上がって二階で消えたかと思うと、今度は一階上でランプは姿を見せ、また消えたかと思うと姿を見せる。階段をのぼるたびにランプも上がっていく様子は、まるで夜のビール醸造所でランプがひとりで歩いているようで、階段を上がっては消え、そしてまた現われ、麦芽製造所と醸造所を結ぶ小さな橋を渡って窓から窓へと移っていくのだった。でも、あんなでたらめな歩き方をしているのは、いったい誰なの？　ランプが麦芽製造所と醸造所のあいだをひとりで上がっているように思わせようとして、ランプを手にしているのかしら？　狩人が森の空き地で飛び出してくる鹿を待ち受けるように、私は窓際に立った……興奮で身体が震えた。ランプは冷却室のある階に現れたけれども、そこはこの時間帯であれば誰も立ち寄らない場所だし、ホッケー場のように大きな水槽が、まだ若いビールを冷やすタンクがあるだけだった……けれども、今、そこをランプが動いていた、まるで私が見ているのを承知していて、ただ私のためにランプが動いているようだった。麦芽製造所には四メートルの窓が十もあり、いずれも鎧張り《ルーバー》で覆われ、イタリアやスペインのシャッターのように覗き窓がすこし開いているだけだった。ランプは依然として動き続けていて、何百もある鎧張りで遮られて、明かりの灯ったランプの動きは線に分断されていたが、ふとランプの動きが止まり、鎧張りの窓枠が開き、ランプを手にした誰かが冷蔵室の屋根の上を登るのが見えた。そこでは、四階の高さほどの氷の山が置かれ、凍った川の天井板のほか、バケツリレーで次々に積み上げられた千二百個もの荷があった、その上は冷却用に五十センチの高さの砂と川砂利で覆われていて、春から秋にかけて、そこにはヤネバンダイソウが咲いていた、緑の苔の枕に囲まれた何万ものヤネバンダイソウが……でも、今そこにあるのは、あのふっくらとしたランプだった、ビール醸造所で働く誰かが持ってきたにちがいなかった……窓を開けてみると、男性の心地よい声が上のほうから聞こえてきた、明かりの灯ったランプが歌を歌っているかのように……《いとしい人はもういない、幼かったあの娘は、わたしのいとしい娘は、この世にはいない》……物置からはフランツィンの声が響いた。「ったく、ヨシュコ、いいかげんにしてくれ！」私は寝室からゆっくりと出たけれども、愛が奈落に沈んでいくような、電流がゆっくりと消える様子を今日もまた見ることはなかった。フランツィンはランプを点けていて、私が廊下に出ると、椅子に坐ったフランツィンが両手を組んで、おじさんにもう一切合財手を出さないようにと説得していた。本を読もうと、教会や映画館に行こうともなにをしてもかまわないが、ここにいる時は、静かに平穏を保つように、と……フランツィンが立ち上がろうとすると、うまく立つことができず、もう一度立とうとしたところ、椅子と一緒に立ち上がる羽目になった。心配していたことが実際に起きて、私はおもわず口を手で覆った。というのも、フランツィンは椅子に置いてあった靴用の糊の箱の上に腰かけてしまったからだ。ペピンは熟練職人だから、喜んで弟の靴をすべて直してくれるだろうし、自分でもそう語っていた。それぐらい、弟のことが世界で一番大好きだった。フランツィンは力を込めて立ち上がろうとしても、椅子から身を引き離すことができず、バランスを失ってよろめいて、椅子とともに床に倒れてしまった。私は膝をついてフランツィンを引っ張ったけれども、靴用の糊でフランツィンはしっかりと固定されてしまい、そのせいで、フランツィンは坐っているキリスト像がひっくり返っているような姿となった。ペピンおじさんはフランツィンの肩を持ち、私は下から椅子を引っ張ろうとしたけれども、この光景は、状況を脱するためのものというよりも、私が自分の夫を引っ張り、ペピンおじさんが自分の弟を奪いあっているようだった。私は立ち上がろうとしたら、髪がなにかを持ち上げてしまった。指で髪をまさぐり、膝のほうに引っ張ってみると、もうひとつの靴用の糊が私の髪にくっついているのがわかった。私はハサミを手にして、箱についた髪の毛の先端を切った、髪のついた箱は今やシチリアの金印勅書のようだった。私の髪に起こった出来事を目にしたフランツィンは馬のように思いっきり跳ねあがり、布が切れる美しい音が物置中に響いた。フランツィンは一旦倒れ込んだが、すぐに立ち上がった。その姿は美しかった。瞳は健康そうでありながらも、憤懣《ふんまん》やる方ないといった具合で、靴型や箱、釘の箱を次々と手に取っていった。ペピンおじさんはこの光景を目にしててっきり機嫌を損ねているのかしらと思っていたら、みずから弟に向かって燃えそうなものを手渡し、フランツィンはすこしずつ落ちつきを取り戻しながら、手にしたものを暖炉に投げ込んでいた。暖炉の天板が持ちあがってしまうのではないかと思えるぐらい靴の糊は激しく燃えあがり、煙道を通って煙突のほうまで吸収された炎は二メートルほどの高さとなった、それは、私の髪のように長く伸びていた。

6

ペピンおじさんのお気に入りの場所は発芽室の裏手で、一方は果樹園に面し、もう一方は煙突があった。煙突のほうではありとあらゆる大きさのオークの薄板が並べられていて、その板でビール樽が作られていた。必要に応じて、小樽、二十五リットル、五十リットル、百リットル、二百リットル、いわゆるダブル、さらには大きな五千リットル、一万リットルの樽が作られ、そういった大きな樽は発酵室や倉庫に置かれ、醸造されたビールはすべてそこに一旦保管され、通常のビールやラガービールへと熟成していくのだった。靴の修理ができなくなると、ペピンおじさんはここにやってきては棒きれを手にしたまま発芽室の脇を歩き、パレード行進や銃剣での決闘の練習をしていた。そういう時、フランツィンは、ペピンおじさんが大きな声を出さないよう私に見張るよう言いつけていた。

「いやはや、こちらにお越しになるとは嬉しいですな」とペピンおじさんは言った。「フランツィンの奴はすこし神経がまいっているようだね、ちょっと神経質だ、バチスタさんの処方によると、天然のぬるま湯で身体を洗ったり、新鮮な空気のなか身体を動かさんといかんらしい。でも、せっかくここにいらっしゃったんなら、教養ある話をひとつ、シュールビルドゥンクを。というのも、わしの成績は五ばっかりで、表彰されたほどでね、パレードの時にフォン・ヴュッヘラー大尉のもとに歩み寄って話しかけたあのハナー出身のバカ野郎とは大違いよ、『おやじさん、残っている弾丸をお返しします、ぼくは家に帰ります、兵隊なんかになりません……』、声をかけられた大尉は兵卒に向かって『おまえはコレラにでもかかったのか』って声を張り上げる始末」

「ペピンおじさんが？」と私。

「くそ！」ペピンおじさんは叫んだ。「みんな、わしのことを模範にしていたんだぞ、フォン・ヴュッヘラー大尉がわしのことを知っていたかどうかって？　何千人もいる男を全員、おぼえていると思うかね？　そうそう、大尉が婦人のいる場所に向かおうとしていたときのこと、ふたりのバカな兵士が馬車を止めて、なかにいる者に降りてこいと言ったんだ。だが車内を覗いてみると、なかで身体を広げているのはフォン・ヴュッヘラー大尉じゃないか、兵士たちはすぐに敬礼すると、フォン・ヴュッヘラーは優しく声をかける。『君たちは、どこに出かけようとしているのかね』。兵士たちは答える。『休暇で外出するところでございます』。フォン・ヴュッヘラーはたずねる、『休暇に出るものは、外出証明書を保持しているはずだ、持っているかね？』兵士たちが身体をまさぐっているあいだに、フォン・ヴュッヘラーは一人の兵士にたずねる。『名前は？』その兵士は答える、『シムサです！』もう一人の兵士にもたずねる。『君の名前は？』もう一人の兵士が答える。『ジムサです！』すると、シムサと名乗った一人目の兵士は畑のほうに逃げ出してしまったので、フォン・ヴュッヘラーは命令した。『ジムサ、ただちに《ゾフォール》シムサを連行してくるんだ！』けれども、ジムサはシムサとともに一緒に逃げてしまい、フォン・ヴュッヘラー大尉は馬車の向きを変え、兵舎に戻るよう雄馬を駆り立て、到着するとすぐにくだんのシムサとジムサが所属する小隊はどこかたずねて回った。けれども名簿には、ジムサの名前もシムサの名前もなかった。そこで『我輩の記憶は写真機と同じくらいすぐれているんだ』と豪語したフォン・ヴュッヘラー大尉は、兵舎で集合をかけ、兵士の顔を一人ずつ眺め、顎を触ったり、キスをするかと思うくらい近くで目を見たりした、けれども、ジムサと名乗ったほうも、シムサと言った者も探し当てることはできずじまい、そんな大尉が、このペピンをおぼえていると思うのかね？」

「シー」私は言った。「午後にはまた取締役会があるのよ」

「そうだった」おじさんは静かに言った。「でも、今、お前さんに教えてやる。銃の部品はいくつあるかを」おじさんは棒を手にすると、本物の軍用銃のようにそっと手の上に乗せ、すべての部分の名称を指差しながら次々と説明しはじめた。「これが、コルベンシュー、つまり床尾、そしてこれが、いわゆるミンドゥンク、つまり銃口《ウースチー》……」

「ナド・ラベムね」と私。

「くそ！　カササギみたいにいちいちひとの話をさえぎるね？　ウースチーは町、けれどもこっちのウースチーはミンドゥンクのほう、そんなことをブルチュラ軍曹に言おうものなら、ぶん殴られて、うさぎみたいに投げ捨てられちまうのに決まってる」

その時、果樹園の向こうから事務所の窓が不機嫌そうにバンと閉まるのが聞こえ、帳簿室のほうから白衣をまとったフランツィンが駆け出してきた。ぼうぼうに生えた草を掻き分け、木の枝を避けながらこちらに向かってくる姿が見えた、片足を前に伸ばし、もう一方の足は草の上でほぼ水平の姿勢で障害物を飛び越え、草に着地する、それは、男性の走る美しい光景だった。足を替えながら、草の上で美しい動きを繰り返し行なっていた。こちらにたどりついたフランツィンは手に三番のレタリング・ペンを握っていた。

「おまえたち、ふたりしてなにしてるんだ？」

「兵隊ごっこよ」と私。

「なにごっこをしてもかまわん、でも、静かにしてくれ、帳場の事務員がインク瓶を全部こぼしてしまったじゃないか！」フランツィンは静かに叫んだ。

「じゃあ、どこにいけばいいの？」と私。

「どこでもいい、煙突の上にでも行けばいい、あそこなら、声は下まで聞こえないはずだ……雑誌一面にインクをこぼしたんだぞ！」白いワイシャツの袖をゴムで肘までまくっていたフランツィンは大声を出すと、踵《きびす》を返し、今度は走らずに、大きな草のあいだをどうにか掻き分けて通っていった、後ろ姿を眺めていると、フランツィンはこちらを振り返ったので、私は掌に口づけをして、あとを追う羽のように、それをふっと吹き飛ばした。

「煙突？」ペピンおじさんは驚いていた。

「そう、煙突」私は答えた。

フランツィンは枝の影で見えなくなり、白いワイシャツは事務所のなかに入っていった。

「よしわかった、『目標！』」ペピンおじさんはそう言うと、一つ目の横木の上に足を乗せた。けれども考え直したのか、すぐに降りてこう言うのだった。「お先にどうぞ」

ビール醸造所に初めてやってきたあの日から夢見ていたこと、それは、勇気を振り絞って、目の前にそびえ立つビール醸造所の煙突に登ることだった、私は頭を下げ、一つ目の横木につかまると、どんどん小さくなっていく横木越しに遠景がますます上へ逃げていくのがわかった。六十メートルの高さの煙突を奥行きを縮めた視点から眺めて見ると、それは照準を合わせた重機砲のようだった。誰かが括りつけたのだろう、避雷針のところでひらひらと舞う緑のレオタードに目が釘付けになった。そよ風が下で吹くと緑のレオタードも舞い、開けていた窓越しにカタカタとブリキのような音を出しているのが聞こえた。一つ目の横木に足を乗せると、片手を離して緑の蝶リボンをほどき、それから左右の手を素早く交互に伸ばした、すると、足も車軸でつながっているように同じリズムで動き出し、煙突を半分くらい登ったところで初めて風の衝撃を感じ、髪もふわりと舞いあがり、身体よりも先に進んでいった。全身が一瞬にしてほどかれた髪に覆われ、髪の毛が伴奏するかのように私につきまとい、横木に何度も垂れるので、自分の髪を踏まないよう十分に注意しながら、ゆっくりと足を動かさなければならなかった。ああ、ボジャがここにいてくれたら、天使に変身してふわふわと飛びながら、私の髪をまとめあげ、ワイヤーや鎖に髪がひっかからないよう注意を払ってくれるはず。煙突を登るのは自転車で走るのとどこか似ている。私の髪を味わう風が吹くのを待ちかまえ、風が舞って髪の毛で私が包まれると、上の横木に絡まった髪の結び目に吊るされているような印象を受ける。そして急に風がやむと、髪はうなだれ、教会の時計の金色の針がゆるくなってだらりとするように髪も垂れていく、黄金の孔雀の尾が私の頭上で開いて閉じるように。私はその瞬間をうまく利用して手を伸ばす、足の動きは手の動きとシンクロし、ついに煙突のへりのところに手を置くことができた。プールで泳ぎ終えた競泳選手のように、しばらくハーハーと息をつき、それから、身体を水中から両手で持ちあげるように、足を煙突のへりにおき、避雷針につかまりながら、シロップに浸かっていたかのようにゆっくりともう一方の足を上にもちあげ、髪を後ろでまとめてから、腰かけ髪を膝の上に置いた。すると、突然風が下から吹いてきて、つかんでいた髪が手から離れ、私のブロンドの髪は、去年の春一番が吹く前にそうなったように、流れの速い、浅い小川の褐藻のようにうねり、片手で避雷針をつかんでいると、自分が槍を手にした狩りの女神ディアーナにでもなったような気がした。興奮で顔が熱くなり、この小さな町で、この煙突に登ることとさえできたら、そんなに何回も登らなくてもいいから、たった一度の体験だけで、何年も、いや一生を過ごすことができるかもしれないと思った。身を屈めてみると、ペピンおじさんがとっても小さくなって、頭と手しかない小さな天使のような姿になっているのが遠くに見え、不思議なことに今の今まで、くせのあるふさふさの髪の毛だと思っていたペピンおじさんの髪の毛は、いま見てみると、薄い髪の毛の花束をまとったはげ頭で、その頭は煙突のへりの上に登り、下からもう一方の手が伸びてきて端をつかみ、私をじろりと見ると、ペピンおじさんの顔は幸せで、ぱっと明るくなった。煙突の上に身体を上げ、深みがどれほどこわいものか意識していないのか、ペピンおじさんは立ちあがって、身を屈め、片手を腰に当て、もう一方の手で目をこすった。

「なんてこった」感嘆した様子で声を発した。「なんてすばらしい見張り塔なんだ！」

「展望台ね」私は付け加えて言った。

「何言ってるんだ！　展望台は民間人の場所！　見張り塔は軍人の場所だ、戦時下に敵の動きを監視するものだ！　お前さんは知性のある別嬪《べっぴん》さんだが、もしこんな言葉が、トンセル大尉の耳にでも入ろうものなら、サーベルでお前さんを叩き、『こてんぱんに打ちのめしてやる！』と叫ぶにちがいない」

「ペピン」と言ってから、私は空気の泉の上で足をバタバタ動かした。

「まったく、なにを間違って、わしをこてんぱんにするんだ？　わしは大尉のお気に入りでな、大尉のサーベルを運んだこともあったんだ！」ペピンおじさんは息を詰まらせながらそう言うと、私の上で身を屈めたが、その表情は教会の天井にある石のガーゴイルと同じくらい恐ろしいものだった。

「それにしても！」私は手を振った。「ヨジンおじさん、なんてすばらしい景色かしら？」

丘や森に囲まれた低地の風景を見渡してから小さな町を眺めてみると、私たちの町にたどりつくにはかならずどこかで川を越えなければならないことに気づいた、島の町だ。町の周囲を流れる川は町の上のほうでふたつに分かれ、さらに小さいほうはふたつの小川となって城壁の周りを流れてから町の下で大きな川に合流していたため、町の中心部から外に向かう道にはかならず橋が二本、歩道橋が二本架かっていた。かたや、大きな川のほうには白い石橋が架かっていて、その上で地元の人たちが欄干に寄りかかりながら、ビール醸造所の煙突や、ペピンおじさんと私のことを見たり、風になびき太陽光を浴びて煌めく、教皇旗のように輝く私の髪を見ていた。下のほうでは風はまったく吹いていないようだった。大きな川の向こうには寺院がそびえ立ち、塔の時計の黄金の文字盤が私の顔の高さにあった。寺院の周りには、大小の道、家、建物が所狭しと何重もの円をつくって並んでいた。どの窓からも、ペチュニア、カーネーション、赤のペラルゴニウムなどが羽根のように突き出て、町全体が城壁のレースに囲まれ、上から見ると切断された玉髄のようだった。すると、白い橋の上を消防車が勢いよく進むのが見え、消防士のヘルメットは煌めき、ラッパ吹きは黄金のトランペットを抱え、「火事だ！」と合図を出していた。消防士たちは皆、粗悪な白い制服を着ていて、赤いサイレンは橋の上でオルケストリオンのように唸り、消防士たちは梯子の横木につかまり、カンカンと鳴る消防車の祭壇の上に乗っていた。けれども、すぐに建物や庭の影にかくれてしまった。

「ヨジンおじさん、前線で羊を飼っていたっていうのは、ほんとう？」私はたずねた。

「そんなこと言ったのは誰だ？」ペピンおじさんは声を張り上げると、煙突の縁に腰かけて横になり、頭の下に手を置いた。

「タバコ商人のメリハルよ」と私。

「いったい、タバコ商人の傷痍兵がどうして戦争に関係があるんだい？」おじさんは叫ぶ。

「メリハルさんは戦時中、大尉だったそうじゃない、昨日、メリハル大尉が言っていたわ、神様、戦争を起こさないでください、もし戦争が勃発したら、ペピンをずっと教練で手元に置いておかなければなりませんって」私はそう言うと、避雷針をつかみながら下のビール醸造所のほうを見下ろした。ビール醸造所は町のはずれに位置していて、反対側の町と同じく周囲は壁に囲まれているのが目に入り、おもわず驚いてしまった。カエデやトネリコの高い木が壁に沿って並び、木々もまた四角を形づくり、ビール醸造所は、修道院か、要塞か、はたまた牢獄のような趣きで、壁には有刺鉄線がはりめぐらされているばかりか、壁や柱の上部の煉瓦には緑の瓶のぎざぎざの破片が刺してあって、上から見ると、アメジストか、アマランサスのようにきらきらと輝いていた。

「いったい、どうやってわしを見ていたというんだ……万が一にでも、わしが羊を飼っていたとしてもだが」おじさんはそう言うとまた横になり、空を見つめ、曲げた膝の上にもう一方の足を乗せ、足の甲を自由に動かした。

「望遠鏡を使っていたのよ」私は答えた。

「陛下が、タバコ商人ふぜいに望遠鏡を貸したとでも？」

「大尉なんだから、メリハルが望遠鏡をふたつ持っていてもおかしくないわ」私はそう言うと、渡りの前の燕の群れのように橋の上に人がわんさか集まっているのが目に入り、なかには望遠鏡でこちらを見ている人もいた。望遠鏡を持っている人に笑みを投げかけると、下のほうから風がふわりと吹き、髪の毛がガチョウの羽根の扇のようにぱっと広がり、私の目の前で髪が束にまとまっていくのが見えた、そして、腰かけている私の身体の周りには、私たちの町の広場の疫病撲滅記念の柱の聖母マリア、七つの悲しみの聖母のように後光が指していた……

「もし戦争になったら、いったいどうなる？　もしわしがメリハルの手下だったら、なあ？」おじさんはあくびをし、抗いがたい疲労と格闘しているように見えた。

「メリハルさんはこう言っていたわ、もういちど戦争になったら、教練の際に指を曲げて合図をして……指令を出すって、『ペピン、こっちに来い《ツー・ミア》！』と。そうしたら、おじさんは舌を出して飛んでいき、敬意を表することになるの、あの人の前で片膝をついて」そう言って横を見てみると、ペピンおじさんはもう眠っていた、煙突の縁の上で横になって、ぐっすりと。いまようやく煙突が揺れているのに気づいた、ペピンおじさんが横になって、像のように動かなくなったおかげだ。宙吊りの振り子に腰かけているように、私たち二人も相当揺れていた。消防士が十字路から駆け出してきた、上から見た馬は驚いて逃げ出してきたように見え、馬具は後ろ足のほうまで落っこち、かたつむりが角を出すように頭の上まで前足を持ちあげていた。消防士のフラシネットはきらきらと輝いていたものの、子供のおもちゃのようでもあったので、トルフラーシュスカー通りで手榴弾が爆発した軍用車両のように、いまにも壊れて車の部品が飛び散るんじゃないかと思えるほどだった。指揮官席には消防団長のデ・ジョルジ氏が立っていた。私が今坐っている煙突があるビール醸造所の取締役会の一員であり、煙突掃除夫でもあり、消防団の団長でもあった。デ・ジョルジ氏は住宅の代わりに消防博物館を所有していて、火事の日時、場所に関するすべてを写真に収め、そればかりか火事が起きる前の状況も写真に撮っていて、壁という壁には写真が対になって展示され、出火前の牛、出火後の牛、出火前の犬、出火後の犬、出火前の成年男性、出火後の成年男性、出火前の納屋、出火後の納屋、全焼したり、一部消失したありとあらゆるもの、ありとあらゆる動物、ありとあらゆる人、そういったすべてを撮影していて、今、ビール醸造所に向かっているのも、万が一にも煙突が崩落した場合にそなえて、崩壊前後のビール醸造所の支配人夫人を撮影するためにちがいなかった……そして今、消防車のオルケストリオンはビール醸造所の門を曲がり、キーとタイヤの音を出しながら、サイレン音は事務所の向こう側に消えていった。消防士たちは馬と一緒にひっくり返ってしまったのかしらと思っていたら、ラッパを鳴らしながら晴々しく外に出てきて、煙突の真下で消防車は停止した……もうすこししたら放水を始め、煙突の高いところまで放水するのではないかと思った。そして、デ・ジョルジ氏が、放水している間欠泉の上に移動するよう私に指示し、そのあとゆっくりと栓を閉めるよう命じると、水位が下がるにつれて、私もすこしずつ降下することになるんじゃないかって。けれども、消防車から飛び出してきた消防士たちが膝をつき、斧を担いだままお互いに敬礼すると、すぐにぱっとシートを広げた。六人の消防士はシートをぴんと張り、後ろに下がりながら上を見上げた。煙突はあまりにもぐらぐらと揺れていたのか、シートを手にした消防士たちは、私が落下する可能性にそなえて、あっちに行ったりこっちに行ったりしていた。

取締役会の面々も馬車に乗って到着すると、駆け寄ってきた。馬車は街道を突進し、馬は速足やギャロップで疾走してやって来たのだった。これまでは事務所のまえで停止していた馬車という馬車が今回ばかりはビール醸造所の中庭まで入ってきた。そこでは、樽職人、瓶詰職人、麦芽製造人といった人びとがみな、頭を後ろに下げて、上を見つめていて、その光景は、まるでイエスの再臨か、精霊の降臨でも待ちかまえているようだった。そして、十字路からは、ビール醸造所の会長であり、領主の一族の出で、旧オーストリアの崇拝者であるグルントラート博士がこちらに向かっていた。御者席に坐り、鹿革の手袋をはめた手で手綱を握り、けっして真似することのできないほど優雅に帽子を目深にかぶって、琥珀の吸い口をかみながらタバコを吸い、黒の去勢馬をビール醸造所に追いやっていて、かたや、御者は悪意たっぷりの笑みを浮かべながら、自分が主人であるかのようにフラシ天の座席に腰かけて手綱を握っていた……

デ・ジョルジ氏は煙突の下で煙突に登るよう消防士に合図を出していたが、従う者はだれもいなかったので、結局は、デ・ジョルジ氏がみずから煙突に登ることを決心したようだった。氏の白い制服が上に登ってきて、何度も立ち止まってはまた梯子の横木をつかみながらすこしずつ上がり、ようやく私の足元にヘルメットが見えるようになった。

「ヨジンおじさん」私がおじさんの足を揺さぶると、おじさんは目をこすりながら坐りなおして、それから驚いたようにはっと立ち上がり避雷針にぎゅっとつかまった。デ・ジョルジ氏は煙突の縁に登ると、フーと一息ついてヘルメットを脱ぎ、ハンカチで汗をぬぐった。

「法律にもとづいてお願いします」話しはじめた。「奥さん、下りてください。義兄《おにい》さんもいっしょにです」

「デ・ジョルジさん、目眩《めまい》してない？」と私。

「いいですか、法律にもとづいてお願いします、下りてください」デ・ジョルジ氏は繰り返した。

「先にデ・ジョルジさんが下りますか？」と私。

「いや」デ・ジョルジ氏は煙突の内部を覗き込んでから、こう言った。「練習を兼ねて、煙突の内部を通って下りることにします」

　私は避雷針につかまりながら、足を横木に置き身体を回転させると、髪がきらりと輝いた。すると深みから風がふわっと吹き、私の髪を持ちあげ、これが最後となるのを承知しているように髪がふわりと広がった。ビール醸造所の煙突の上で、私の黄金のたてがみが最後の輝きを放ち、巨大な黄金の聖体顕示台であるかのように、私の髪は、その瞬間、私を見つめていた人たちを祝福した。デ・ジョルジ氏もまた、目の前の光景にうっとりとしているようだった。

「貴重な出来事を目撃させていただきました、奥さん、女性が消防士になれないのは残念なことです」そう言ってから、ペンチに似た、とても小さな指揮者用トランペットを取り出して吹いた。音色は、屠畜用の馬車にのせられ縛りつけられた子ヤギがメーと鳴いているような、とても郷愁を誘うものだった。氏が私の手に口づけをすると、私は下りはじめた。私はなるべく早く下に降りようと急いだけれども、足よりも髪が先に行き、髪を踏んだり、巻き込んだり、深みにはまらないように気をつけなければならなかった。そのうち突然、木々の梢が近くに見えた。それから、枝のなかに下りるかのように、靴を強固な大地へと着地させたのだった。

「いやあ、美しい」グルントラート博士は興奮した様子で声をもらした。「とはいえ、二十五回叩かないといけませんね」

「お尻をですか」と私。

「それにしても、上でなにをなさっていたんです？」博士がたずねてきた。

「いま仰っておられましたけど、ええ、美しかったんです、美しくて、でも危険で、危険なのは本当です、私の……」私はそう答えると、フランツィンは血の気の引いた様子で立っていて、あごを引き、フロックコートに白いカフス、ゴム襟、キャベツの葉っぱの形をしたネクタイをしていた。

機械工たちが煙突の大きな穴を開けて、煤を外に出そうとしていたが、黒光りする穴はあずまやのような大きさだった。ペピンおじさんが最後の横木から飛び降りると、こう言った。

「また、オーストリアの兵士が晴れ晴れしい勝利を収めただろ？」

けれども、そこにいた全員の視線は、煙突の土台の黒い穴に向けられていた。

「君は、どこの連隊だね？　上官は誰かね？」グルントラート博士がたずねた。

「フォン・ヴュッヘラー男爵です」ペピンは敬礼をした。

「休め《ルート》」博士はそう言ってから、質問をした。「支配人、君の兄さんはなにが得意なのかね？」

「靴職人の免許を持っておりまして、ビール醸造所で三年ほど勤務したこともあります」フランツィンが答えた。

「そうか、なら、ここで雇うがいい、麦芽製造所にでも寝泊まりさせるんだ。やかましい口をだまらせるのに一番いいのは、仕事をさせることだ」グルントラート博士が言った。

そして、黒い穴から白いズボンが姿を見せた。あずまやの天井のあたりまで煤がたまっていて、ズボンは横木に乗ろうとしたけれども、あると思った場所になかったため、自転車のペダルを漕ぐようにズボンは宙を切ることになった。副指揮官がただちに命令を出し、救命シートを手にした消防士たちが煙突に駆け寄ってシーツを広げると、副指揮官は上のほうの煤に向かって声をかけた。

「指揮官、手を放してください！　こちらは準備ができています！　救命シートがありますから！」

そしてデ・ジョルジさんは横木からぱっと手を放した。すると、煙突から煤煙と煤がどさっと出て、柔らかそうでくるくるした煤のモグラ塚が煙突の前にできあがり、そのあとハクションというくしゃみの音が聞こえたかと思うと、すでに全身まっくろの消防士たちが外に出てきて、大きなカワカマスかナマズを捕まえたかのように、救命シートの上になにかを載せていて、地面にそっとシートを置くと、煤煙と埃のなかから全身まっくろのデ・ジョルジ氏が立ち上がり、にやりと笑い、微笑の白いしわが黒い顔のなかでこわばり、トランペットを取り出した氏は一旦吹いてから、こう宣言した。「救助活動、以上で終了！」

煤の山から出てきた氏は両手を前に出しながら、敬礼を強要すると、誇らしく嬉々として直立した姿勢で歩き出した。その時、私にはわかった。デ・ジョルジさんは煙突のなかを降りたこの出来事を誇りに思いながら、これから何年も、いや、生涯のあいだずっと生きていくことになるにちがいないって。

7

麦芽製造所の角に行くといつも隙間風が吹いていた、風はあまりにも強いので、前屈みになるか後ろ向きになるか、どちらかを選ばなければならず、ロッキングチェアに身をゆだねるように風に身を任せながら前を進むしかなかった。貪欲な喫煙者がタバコのわずかな煙も逃さないように、風は私の髪を吸い込んだ。空気の壁に押し倒されそうになり、おもわず膝をついたり、腰をかけたりするほどだったのに、ドアの先はとても静かだった。風と私のどちらがタオルを先に自分のものにできるか、風との競争を楽しみにしていた。ある時など、風がテリー織のバスタオルを私から奪い取ったので、私が手を上げて触ろうとすると、冗談好きな風はバスタオルを持ったまま後ろに下がっていった。私がまた手を伸ばすと、タオルは私の髪の上をさっと触れ、またあの大きなタオルを引き連れて、ふらふらと遠ざかっていき、ようやくタオルがふわりと落ちてきたように思えたので、思い切ってジャンプすると、ゆっくりとしたかのように風はタオルをさっと引き上げ、まるで秋の空に舞う凧がテリー織のバスタオルを引っ張るように、白い物体は風のリズムに合わせてジグザグに動き、麦芽製造所の上の闇のなかに消えていった。それはなんといっても美しく、風という浴槽をペパーミントの飴の香りで満たしているようだった。取っ手を握ろうとすると、反対側から通り風がドアに吹き付けてきたので、私もドアに全身を傾けなければならなかった。けれども、ユーモアのセンスに富む風は突然吹くのをやめたので、私は暗い廊下でおもわず膝をつくとよろめいて職人にぶつかってしまい、相手が倒れてしまった。でも、その人は燃えているランプをうまく握り続けていたので、ランプは壊れなかった。それから、嵐に立ち向かうように掌を広げて、機関室のドアノブに触れると、油や麻の臭いが浴室のようにむっと漂ったけれども、私はドアを閉めて、鍵を探り当てて鍵をかけた。ロウソクに明かりを灯してみると、砂煙が舞う闇のなか、巨大な伝動装置の羽根車が銀の弧を描きだし、ぴんと張られたロープはオイルできらりと光り輝いていた。発電機とモーターは太ったアフリカの動物のようで、油差しはその大きなカバに啄《ついば》んだ虫を差し出す鳥のようだった。私はゆっくりと服を脱ぎながら、巨大なタンクから半分に切られた百リットル樽に流れるお湯の蛇口を開けてみた。服を脱いで耳を傾けると、通り風は麦芽醸造所の階段をヒューと音を出しながら、シリンダーのほうまで上がり、シャッターを震わせていた。木製の大きな浴槽に入ってみると、水の蛇口を開けなければならないほど、お湯はいつも熱かった。私はしゃがみ、お湯があまりにも熱いので歯ががたがたと震え出したが、お湯が水で薄まると震えも止まったので、そっと横になって全身を伸ばし、羅針盤のなかの針のように、カットされた樽のなかで横になってみた。暗闇のなか、白いボイラーが消えて見えなくなる上のほうをじっと見つめながら夢を見る、夢を見はじめる。お湯のなかで私はゆっくりと溶けはじめ、石鹸の粉のようにお湯のなかを上昇する、四肢の力をすべて抜き、私の過去の人生が結びついている服やシーツを緩め、昔の出来事を描いた絵が入ったかご、スーツケース、棚を、ひとつひとつ開けてみる。絵は美しいのに、色はついていない。いろいろな折に絵は私のもとに降りてくる。この浴室で絵を取り出してみると、鮮やかな色を帯びるのだった。これは、私の映画館。閉じた瞳のスクリーンで私が演じる映画。私の人生を描く脚本と演出の映画。私が主役を演じる映画。木の浴槽にたどりつくと、そのなかで横たわってみる……麦わら色のお下げ髪の小さな女の子の私が。道の真ん中で小石を蹴って遊んでいる。小石をひとつ手にとって上に投げ、それが落ちてくる前に残っている三つの石をさっと集める。雷が近づくなか、四つの小石をぱっと投げた瞬間、私はおもわず尻もちをついてしまう。空は暗くなり、恐ろしい馬の口、バックル、手綱が頭上で上昇し、蹄がきらりと光り、蹄鉄が飛び跳ねていく。私は瞳を閉じると、ぱさぱさになった泥が私の上にまき散らされる。雷は動いていく。私は立ち上がると、馬が怖れおののきながら馬車を曳き、チリンチリンと音を出すのを目にする。青い空が見え、空からは心配した父の頭が私の上で傾いている。小さな女の子になった私は、畑の畔道《あぜみち》で小石で遊んでいる、私の身になにも起きないようにと、父はいつも私を建物の陰に連れて行ってくれる。森からふたりの兵士が走っていくのが目に入る、私が遊んでいる牧草地の道を駿馬《しゅんめ》のように走っていくのが。私は踏まれないように、仰向けに横たわる。あの兵士たちが飛び跳ねていくのが見える、頭上で留め金ばかりの兵士の靴底が見える、兵士たちの影が唸りながら私を横切り、兵士の軍靴の足音が鈍く響きながら近づいては草地の小道を遠ざかっていく。私が坐っていると、兵士たちは小川まで走っていき立ち止まった、そこでは、ボートの代わりに梁が鎖でつながれていて、兵士たちは、私のベッドのウイングの上についているふたりの守護天使のように両手を広げ、それから対岸に向って走り出し、曲がり角で靴の留め金がきらきらと光るのが見え、しまいには森の曲がり目のほうに消えていった。兵士がいなくなったのはもうだいぶ前のことだというのに、今でもあの人たちのことを想い出す。そして今、目に浮かんだのは自分の姿。ふらふらと小川に歩いていき、丸太に靴を置く。小川を流れる水が目に入り、私は手を上げながら、丸太の上を走っていく、けれども丸太の真ん中あたりで、ちゃぷんと小川に落ちてしまう。母さんがミシンを踏むように、私も深みのなかで足をかき回してみるけれども、足は底につかない。そのうち水が口に入りはじめ、溺れてしまうほどの水を飲んでしまった。ただ、私の髪がほどけ、小川の底の上を舞い、緑の藻や花のない水中花と入り乱れているのが目に入った。とてつもない眠気に襲われたものの、目を閉じることはできなかった、あまりにも光に満ちていて、度の強い眼鏡越しに頭上の空を見ているようだった……目を覚まし、溺れるのは美しいことだと知った、まるで家にいるかのように、うちにあるような、天国のベッドに私は横になっていた。手が羽毛のキルトの上に置いてあるのが見え、お母さんのキルトと同じ勿忘草《わすれなぐさ》の模様がついている。向かい側には、うちにあるのと同じような守護天使の小さな絵が吊るしてある。それから、母さんがやってきて、「さあ、こっちよ、みんな、こちらにどうぞ」と声をかけると、近所の女の子たちが台所に入ってくる。その時ようやく自分が溺れたのを知った。私のことをマジェンカと呼び、ヘドヴィチカ、エヴィチカ、ボジェンカと私が呼ぶ少女たちは、私の手のそばのキルトの上に聖人の絵を置く。私のベッドには守護天使の多くの絵が並び、ヘドヴィチカはこう言った。「あの娘は溺れたのっておかあさんが言っていたわよ」ヘドヴィチカが聖人の絵をもうひとつ置いてから、私はたずねる。「でも、どうしてこの絵をくれるの?」ヘドヴィチカが答える。「亡くなった女の子の棺に納めるためよ……」自分はほんとうに死んでしまったんだと思うと、涙が流れ出した。けれども、お菓子を持ってきたお母さんは聖人の絵がいっぱい並んでいるのを見ると、こう言った。「あら、お嬢さんたち、マジェンカは死んでないわよ、ミハーレク先生が水をぜんぶ出してくれて、人工呼吸をして蘇生してくださったの……」じゃあ、マジェンカは死んでないの、葬式はないの、と娘たちはがっかりした様子だった。というのも、カーテンの生地でつくった白いドレスを着て、ギンバイカを飾りつけ、火の灯った大きなロウソクを手に持ち、金管楽器が悲しげな音楽を奏でるなか、娘たちは葬列に参加し、髪にカールをかけ、涙を流す光景を思い描いていた、そう、私が溺れたから……でも、葬列も、涙もなし。それも、洗濯物を洗おうとしていたふたりの女性が、溺れている私に気がつき、私を引きずり出して家まで運んでくれたから……父さんは今度という今度ばかりは、怒り心頭に発していた。ああ、父さんの怒り方と言ったら、ほかの人とはまったく比べられないものだった。母さんは骨董屋で古い衣装簞笥を一年のあいだに四棹も買ったので、父さんは怒りに怒ってしまった。そこで母さんは父さんをあずまやに連れて行くと、斧を手渡した。すると、父さんはまず裏側をぼごっと壊し、それから残った部分を殴ったり、罵ったり、戸を思いっきり引っ張って剝がしたり、簞笥の両脇からマッチ箱のようにつぶしたりして、三十分後には衣装簞笥は小さな木の切れ端となり、おかげで母さんは窯《かま》用の薪《まき》をまかなえるのだった……そして今もまた、父さんが声を張り上げて怒っているのが聞こえた。マジェンカが溺れただって、まったくあの子は躾《しつけ》がなっとらん、よその女の子ならそんなことしないぞ、と。怖くなった私はキルトから抜け出し、服を着て中庭に駆けていくと、トラックが一台停まっていた。後ろの荷台に上ってみると、小窓の近くに樽が一個置いてあったので、樽のなかに入り込んでみた。なかはとても暖かく、おもわずうとうとしてしまった。目を覚ますとトラックは走行中で、立ち上がって小窓を覗いてみると、もう外は暗く、小窓のすぐわきには紳士物の帽子が吊るしてあった。横から前を覗き込むと、運転していたのはブラベッツさんだった。私は横から前に手を出して、ブラベッツさんの耳をくすぐりながら声をかけた。

「ブラベッツさん、こっちよ……」ブラベッツさんはハンドルから手を離し、ギャッと大声を出して急ブレーキをかけたので、私が肩まで入っていた樽もひっくり返ってしまい、私は床に叩き出され、さらに床から地面へと落ちてしまった。すっくと立ち上がり、スカートの埃《ほこり》を払っていると、ブラベッツさんは声を張り上げながら右往左往してじだんだを踏んでいたので、「ブラベッツさん、ほんとうに、ここにいるのよ」と声をかけた。でも、ブラベッツさんはなにかぶつぶつと嘆くやいなや、その場で卒倒してしまった。憲兵たちが到着し、ブラベッツさんに毛布を渡したが、それでも足りないようで、ひとりの憲兵はほとんど裸になるほど服を脱いで手渡し、ブラベッツさんの身体を暖めようとした。警察署に着いてから、下手をしたら、誰かの命を奪っていたかもしれないいんだよ、と憲兵のひとに言われた。その時、また箪笥をひとつ斧でぶった切りにしてしまうのではないかと父さんのことが頭をよぎった。憲兵は私のために毛皮を床に敷いてくれ、それからロープを取り出すと、私の足を椅子の足に縛り付けた。私はそこに横になって涙を流した。頭上では、留め金ばかりの靴底があちらこちらへと揺れ動いたり、足と足が組まれたりするのが見えたけれども、かたや私の足は椅子の足に縛り付けられていた。じきに私はうとうと眠ってしまった。そのあと、父さんが姿を見せた。膝を床について、両足ではなく両手に体重をのせ、椅子の足から私の足をほどき、私の手を引っ張った。憲兵たちは、ロープで自分の娘の首を絞めるとはどういうことですかと父さんを非難しはじめ、私も涙を流しながら大声を張り上げた。「おとうさん、私の首を吊るすのはやめて。枝にながいあいだ吊るされて死ぬなんて、いや……」以前、父さんが食べるはずだったレバーを猫が食べてしまい、それに怒った父さんは猫を枝に吊るし上げ、翌日にはその猫は死んでいたということがあった……父さんはロープでつないだ私を列車に乗せ、家に着くころには、私はロープにつながれた子牛のように父さんに引きずり回されていた。父さんは、人に会うたびに、この子は躾がなってないから、悪さをした犬のようにロープでつないでおかないとだめなんだ、と言いふらしていた……家に帰ると、母さんは父さんを一目見るやいなや斧を手渡したので、七面鳥の雄鶏や雛の頭と同じように、私の頭も叩き切られてしまうのではないかと思った。けれども、父さんは衣装箪笥のほうにつかつかと向かうと、後側を一撃で壊し、次の一撃で胴体部分を、さらに残った箪笥を両脇から粉々にし、しまいには踏み潰された木箱のように箪笥はくたりと倒れてしまった……全身泡だらけになって身体を洗っているうちに、一体どうしたらいいのかわからずに、時間の深みに横たわる絵のことを考えたり、思い出したりしてみた。たえずそこに舞い戻り、たえずはっきりしていく、満たされていく絵のことを。それは、髪を束ねていない、六歳の少女の私。頭のてっぺんで青いリボンで髪をまとめているだけ。私のせいで、父さんが箪笥を壊すようなことはもう一年のあいだ起きていない。日曜日の昼下がりに広場を散歩していると、開いた窓からカーテンがゆらゆらと揺れ、ナイフ、フォークや食器のぶつかる音が聞こえ、食事の匂いがこっちにまで漂ってくる。昨日、父さんは水兵の服と傘を私に買ってくれた。今、私は噴水の前に立って身を屈め、水面に映った髪を眺めている。底ではコインがきらりと輝いていた。噴水に硬貨を投げ込むと願いが叶う、と私たちは信じていた。私は、念のために、二十コルナ硬貨を二枚噴水に投げ込み、お願いをした。もう二度と溺れませんように、もう二度と家から遠く離れるようなことはありませんように、お父さんがあのきれいなドレスや傘を買ってくれるような礼儀正しい女の子になれますようにって。私は噴水の縁の上を歩きながら、水兵服の上着がどんなに似合っているかよく見てみることにした。周りを見回してみても、歩いている人もいなければ、お父さんに告げ口するような覗き見している人もいなかったので、噴水の上をふらふらと歩き続け、すこし身を屈めると、おしゃれなプリーツスカートと白い靴下、エナメルのハイヒールが映っていた。髪を振り乱しながら、水面に映った自分の姿をもう一回見てみようとしたその瞬間、バランスを崩してしまい、噴水に落ちてしまった。クジラが小さな魚を呑み込むように水は私を呑み込み、エナメルのハイヒールで底を探してみたけれども、水深は私の身長よりも深く、一息つこうとして一旦水面に上がったものの、また父さんに大目玉を食らうんじゃないかと思ったら助けを呼ぶのも二の足を踏んでしまった。私は水を飲み込み、蜂蜜のなかに沈んでいくミツバチのように明るい甘美な世界に囲まれ、自分の頭がゆっくりと沈んでいくのがわかり、もう二度と溺れないようにと願いを託してさっき噴水に投げ込んだ二十コルナ硬貨が目の近くに見えた。スカートは優雅にめくれ、髪は顔を覆い、ゆっくりと優雅にもとに戻り、それから眠気に襲われ、ゆっくりと足を動かしてみた。母さんがミシンを踏み込む時よりも、ゆっくりと。そして、最後に自分がソーダ瓶か、ミネラルウォーターの瓶になったかのように、口から泡がぶくぶくとあがっていくのが目に入った……けれども、今回もまた、溺死することはなかった。ある婦人が私のことを見ていたのだ。胃潰瘍《いかいよう》を患い、十年にわたって車椅子生活をしているクラーソヴァーさんが、私が落下した瞬間をちょうど窓から目撃したのだ。そのあと、たったひとりで駆け寄ってくれたのは写真家のポコルヌィーさん。フォークとナイフを手にして、顎の下にナプキンをつけた格好だったけれども、私のために駆けつけ、私を水から引きずり出してくれたのだった。噴水の階段のところで私は意識を取り戻したものの、雨が降っている気がしたので、傘を手にとって開いてみた。でも太陽の光が差し込むだけだった。ちょうど正午の鐘が鳴り終わろうとしていた時分で、ポコルヌィーさんは私の上で身を屈めると、ナプキンから水がぽたぽたと滴り、それればかりか、縮れキャベツも落ちてきた。お前さんに言葉をかけていたら、食事が冷めてしまうじゃないかと、ナイフとフォークを交互に持って怒号を浴びせるのだった。というのも、ちゃんとした女の子が溺死を計画するとしたら、テーブルにガチョウが運ばれる正午時なんかではなく、ちゃんと頃合いを見計らってするはず、だって。見回してみると、窓という窓にはシャツや上着を着た町の皆さんが坐っていて、フォークやナイフをそれぞれの手に持った姿で私を見下ろし、退屈そうな表情を浮かべていた。私のことをフォークで突き刺し、ナイフでざくっと切るのではないかという顔をしていた。私は立ち上がると、土砂降りかと思うほどの水がざぱっと出た。私はお辞儀をした。皆をあざ笑うためではなく、ガチョウがオーブンに入っている日曜の昼下がりにこんなことはしてはいけなかったのだと気づいたからだった……今、私はビール醸造所の浴槽のなかで横になっている。半分にカットされた百リットル樽のなかで。誰かが、裏庭からペピンおじさんも住む従業員部屋のある上のほうへと歩いている。部屋からはひどい叫び声が聞こえていた、「ド・レ・ミ・ファ・ソ・ラ・シ・ド」……、そしてまた下がっていく音階、「ド・シ・ラ・ソ・ファ・ミ・レ・ド」石鹸の澱《おり》から水が滴るように。発芽室から従業員の部屋に誰かが上がってきている、おそらく、汗だらけの若い職人さんが歩いているのだろう。ずっと望遠鏡で覗いていたかのような輪っかを片方の目につくっていて、それは郵便局のハンコのようなものだった。きっと彼だろう、ゆっくりと上にあがっていき、肩までシャツの袖をまくった姿で、皇帝が帝国宝珠を掌に乗せているように、平らなランプを片手に持ち、もう一方の手には帝国の笏《しゃく》のような攪拌《かくはん》用シャベルを持っていた。さらに上にあがっていくのかと思っていたら、一旦踊り場で立ち止まり、あの甘美な歌を歌うのだった……《いとしい人はもういない、幼かったあの娘は、わたしのいとしい娘は……この世にはいない……ヌィンブルクの川に消えていった》……私は素早く服を着ると、タオルで髪を束ね、思いっきり息をフーと吐き出してロウソクを消し、暗闇のなかに足を踏み出し掌を広げてみた。廊下の角、発芽室の奥からはどんよりとした光が差し込み、湿った階段の縁では黄色い線が伸びていた。発芽室からは優しいメロディーを奏でながらシャベルが湿った床をパタパタ叩くのが聞こえ、ひっくり返される大麦のリズミカルなスーという音も……またあの歌が満ち潮のように聞こえてきた……《いとしい人はもういない》……暗闇のなか、私はしばらく立ち続け、それから階段を何段か下り、芽を出した大麦の温かさが、私の頬でぱちぱちとはじけた。ふたつの平らなランプは大麦の苗床を照らし出し、大麦の畑の中央には木製の三脚にオイルランプが置いてあった。上半身裸になった若い職人は小刻みにパタパタと走り、シャベルで大麦をすくうと反対側に麦芽を投げ、彼の後ろにはすき跡ができていた。まるで木製のシャベルが波に立ち向かい、後ろで波がなめらかに閉じていく船のキールのようだった。若く、美しい職人は一歩進むごとにシャベルで黄金の大麦を掻き分け、シャベルを動かすたびに背中は汗でてかてかと光っていた……《あの恋はもはや、終わってしまった》……男性の声は発芽室の低い丸天井を満たし、四本の黒い鉄柱の並木の上にそびえる丸天井を満たしていった……大麦の王様のように仁王立ちになった若者の眼の下にできた輪っかは眼鏡の輪のようにきらりと輝いて、後ろ姿は滴る汗の赤色で引きしまっていた……私はまた歌を耳にした、誰かがドゥムカを歌っていたのだ。大麦畑からすこし離れたところにいる誰かが。もうひとつの平らなオイルランプが木製の三脚にのっているところで……若い職人は掌すべてを使って顔をぬぐうと、ひとつかみした汗をぱっと地面に投げ捨てた……もうすこし先に進むと、足ががくっと崩れた。そこでは、退職した騎手と見まちがえてしまいそうな、つなぎにベレー帽という姿の小柄なひとが大麦を運んでいた。そのひとは山をほぼひとつ運び終えようとしていて、シャベルを手にしては大麦を端に投げ、さらに職人らしい素早い歩みでその場を離れると、まき散らされた大麦をならし、シャベルはその後ろで正確な弧を描いていた。小さな職人が作業を終え身を屈めると、角に署名をするかのようにショベルを十字に重ねて置き、身体を直立させると、また美しく歌いはじめるのだった……《幼かったあの娘は……わたしのいとしい娘は……この世にはいない》……職人のイロウトさんだった。私とすれ違った時など、どこかうしろめたそうに挨拶をする、たえず笑みをたやさないひとだった。フランツィンによれば、若い頃、イロウトさんは芸人だったという。縁日になると、大砲からばんと飛び出すのだ。ドラムロールが響き渡るなか、青いサテンの服を見たイロウトさんの身体は縛りつけられ、木製の砲架に入れられる。座長が青い煙を出す導火線に火をつけると、ヒューという耳をつんざく音が出て大砲の口から炎があがり、イロウトさんは手を前に伸ばした姿勢で飛び出してくるのだ。曲線の頂点に達するとぱっと手を広げ、笑みを浮かべながらカラフルな紙製のバラをばらまいたり、投げキッスをしながら、下に準備されているトランポリンめがけて落下する。着地してからもジャンプをして、トランポリンでぴょんぴょんと跳ねてからお辞儀をして、縁日やお祭りで歓声に応えていたのだった。ある時、大砲に充塡されたイロウトさんが発射後に曲線の頂点に達し手を広げ、頭を下にして落下しようとすると、トランポリンのある場所はとうに過ぎてしまっていた。砲架の衝撃が今までよりも強かったのは感じていたものの、イロウトさんは笑みをたやさずににこしながら、カラフルなバラの紙をばらまいたり、投げキッスをし、はてには柵を越えて材木の山に落下してしまった。けれども、一年に渡り、イロウトさんが治療をしているうちに、もはやキスやバラをまき散らす気は失せてしまい、もう使われてない紙幣が出回らなくなるように、芸人のキャリアから身を引いてしまったのだ。もちろん、今ではもう身体は回復し、ビール醸造所の職人として働くようになってもう八年目になる……《いとしい人はもういない、幼かったあの娘は》……

8

ペピンおじさんがビール醸造所で働きはじめて、三週間が過ぎた。樽職人のひとりとして受け入れられてからというもの、ビール醸造所は陽気な雰囲気になった。ある時、私がモルトのかすの桶を運ぼうとして、ビール醸造所の中庭を横切っていると、古株の醸造職人が二リットル樽のビールを持っていこうかどうかと思案した様子で私のことを見ているので、私はこくりとうなずいてみせる。私が車からモルトのかすを移しているあいだ、樽職人のみんなは午前のおやつを味わい、ペピンおじさんは仰向けになり、胸には空っぽになったケグをのせていた。ペピンおじさんが「ド・レ・ミ・ファ・ソ・ラ・シ・ド！」と歌うと、樽職人たちはどっと笑い出し、バターを塗ったパンのかけらでのどを詰まらせそうになるのだった。

樽職人の助手がおじさんの上に身を屈めて声をかける。「ヨゼフさん、音階を反対にしたらどうです、オペラ歌手のカルーソーやマジャーチェクがよくやるみたいに！」

ペピンおじさんは返事せずに、ぞっとするような声を張り上げた。「ド・シ・ラ・ソ・ファ・ミ・レ・ド……」

叫び声をいやというほど味わった助手は次にこう提案した。「じゃあ、ヨゼフさん、今度は高いCを」

職人たちは立ち上がって、おじさんの上で身を屈めると、ペピンおじさんはキーキーいう声で高いCを出した、すると職人たちはげらげらと大笑いをして、パンを持ったまましゃがみ込むと、またぱっと飛び跳ねて起き上がり、パンでのどが詰まりそうになりながらも、作業場の壁に手を掛け、笑いで窒息しないようにくすくすと笑った。

庭の中央では、年配の職人ジェパさんが椅子に腰かけ、取っ手のある黒い円筒を動かしながら黒ビール用の麦芽を炒っていた。円筒の下では石炭が青くなったり、赤くなったり、ばら色になったりして燃えていて、灰だらけの年配の職人は、古代神話に出てくる神さまが地球を手にして回しているのと同じように、煤で覆われた球を威厳たっぷりに規則的に回していた。

助手はおじさんの上に身を屈めると、こう言った。「さあ、最後に息継ぎの練習、ヨゼフさん、高いCを歌ってみて、でも、体中を突き抜けるような感じで……でもね、ズボンのほうで力んで出したらだめだよ」

ペピンおじさんは息を吸い込みながら鼻を掻いていると、職人たちがおじさんの上に集まってきた。おじさんは声が体中を通るような感じで高いCを歌った。それはまるで門がキーと軋むような、伸びた音だった。おじさんは全力を振り絞って高いCを出し続け、一分ものあいだ体中を突き抜けるように歌い、そのあと、疲れ切ったのか、ぱっと手を投げ出してふっと息をつくと、胸の上のケグが持ち上がった。それは、まるで絨毯に仰向けになった音楽学校の生徒の胸の上に先生が本を置くのと同じ光景だった。

私は桶を持ったまま、ボイラー室の開いているドアの近くを歩いていった。うっすらとした闇のなか、下にある半円形のボイラーが輝いていたり、灰だめでは、火床の上で燃えている石炭がサフランの色を放ったりしていた。赤や紫に燃える石炭や緑青のスラグが灰だめに落ちていき、その隣の暗闇では開いたボイラーからベージュ色の光が放たれていて、母親の子宮のなかにいる子どものように、職人は身を丸めて、ボイラーの水天秤を叩いて灰を落としていた。ふたつの電球が、埃のなかで身を丸めて作業をしている職人の身体の曲線を激しく照らし出しているなか、職人はへその緒のような電気回路のケーブルに取り囲まれながら歌を歌っていた。日光が差す側から、激しく輝くこの楕円、そして槌《つち》ですこしずつ叩きながら働いている人の姿を目にすると、この近くを通りかかった人は誰でもきっとこのルネットの絵のまえではっとするにちがいないと思った。けれども、ここには立ち止まる人もいなければ、思いを馳せる人もひとりとしていない、身を丸めた姿勢で、二週間ものあいだ歌を歌いながら、硝石《しょうせき》を叩き続けている人を思う人は。そして、そういう人を気の毒に思うような人もいないだろう、もちろん、本人も気の毒だとはまったく思っていないのだけれども。

　職人たちがおやつを食べ終えると、樽職人のかしらは、何百頭もの羊に取り囲まれた羊飼いのように、何百もの樽に囲まれて立ち上がった。樽の上で身を屈め、鋭い目つきでなかを確認すると元の姿勢になり、曲がりくねったワイヤーの先に取り付けた、火のついたロウソクを樽から取り出す。そしてまた次の樽の上で身を屈めてロウソクを入れ、樽にビールを入れてよいか、水漏れの処置、つまりピッチする必要があるかを注意深く観察するのだった。大きな炉の前に立っていたペピンおじさんが炉に無煙炭やコークスを入れて、ピッチを熱すると、炉からは鈍い音を、短く曲がった煙突からは外側が青くなかが赤い炎がヒューと音を出しはじめ、さらに、凍りついたジョイントを解凍したり、古い塗料を溶かすブローランプで見るような、緑の冠を抱いた炎もシューと出ていた。

　御者たちは湿ったビール樽を車に載せたり、氷の入った樽を運び出したりしていた。古株の醸造職人は、一マース〔昔のビールの単位。約一・四ℓ〕のオレンジ色のビール、濃縮した蒸気のビーズだらけのビールを私に差し出した。この人が私のことを嫌っていて、一マースでは飽き足らず、すくなくとも五マースは私に差し出すだろうことをわかっていた。もし全部飲みほそうものなら、作業員の人たちは皆、支配人の奥さんにはアルコール中毒の症状があるのを目の当たりにしてしまう。でも、私は若かったので、なにをしても若さが言い訳になった。いつもまずは自問してみる、そうすると私はうなずく。でも、それは、私の内部からのうなずきであって、私の心のどこかにいるはずの私の先生が出している合図。その合図はあっという間に血のなかを駆け巡り、私の手がさっと伸びてしまう。嬉々としてビールを飲んでいると、飲みっぷりがあまりにもよかったのか、樽を運ぶ御者たちは手を止め、じっと私を見つめていた。荷役ホームに立つと、近くには馬のエデとカレがいて、まるで私の気持ちが通じているかのようだった。たてがみ、それに凛《りん》とした尻尾はビールと同じ琥珀色をしていた。老ジェパは、ビール醸造所の庭の真ん中でシャフトを引っ張っていた。熟練らしい眼差しで炒った麦芽の中身を見極めていて、うんとうなずいては取っ手を引き、機械のなかの黒い球を灼熱の石炭の外に取り出し、槌で丁寧に栓をゆるめる。すると、ほかほかの炒った麦芽が黒い篩にどさりと落ち、麦芽の臭いが充満する。きっと町の広場にまで臭いがして、歩いている人たちもビール醸造所のほうを振りかえっているはず。そしてビール醸造所の真ん中では、年老いた職人が満足そうにぶつぶつなにか言い、黒い木製の火かきで、麦芽を掻きまわしながら炒っている。

ペピンおじさんはピッチの炉の脇に立っていた。革の前掛けをしていたおじさんは、私に微笑みを投げかけた。背後のかまどから鈍い音が響いていたので、ジュール・ヴェルヌの小説に出てくる幻想的なロケットのように、なにか焼けたものが宙に飛び出してくるのではないかと思うほどだった。ペピンおじさんの背後でシューと音を出して燃えていた炎はとてつもなく美しかった。周りを見回したけれども、この光景に見とれている人は誰もいなかった。樽職人のかしらがやって来て、ペピンおじさんの足元目がけて、樽を枕木の上に転がしはじめた。ペピンおじさんは樽をひとつひとつ受け取ると、膝にのせ、ノズルのピンを刺し、足のペダルを踏むと、沸騰したピッチが樽に流れ込む。ペピンおじさんは樽を持ちあげ、それからぽいと手を放すと、樽はゆっくりと転がっていく、充填用の穴からは青っぽい煙が出るのだけれども、ラビが聖なる革ひもを手に巻きつけるように、青いリボンが樽に巻きついていき、樽が下で停まると、見習いが受け取るか、蹴って向きを変えるかなどして、樽は回転装置のゆっくりと回転するシャフトのところでとまる。樽はひとつひとつ、すべての樽が回転し、聖人の頭の周りに輪っかがあるのと同じく、青い煙が樽についてまわるのだった。

　この光景を、火の出る作業をじっと見ていると、いつものどがからからになって舌が口蓋にぺったりとくっついて、口のなかでは唾の代わりにタバコの紙のようなものができてしまった。マースを手にしようとしたら、ひょいと持ち上がったのでびっくりした。ビールが入っていると思っていたのに、マースはあまりにも軽かった。そう、とっくに飲みほしていたのだった。古株の醸造職人は膝を曲げ、私からマースを受け取ると、にやりとして発酵室のなかに入っていった。古株の職人がひとつぎでビールを注いで美しい表面を作ってくれるのはわかっていた、いや、今度はブリキの容器の半分にラガーを注ぎ、最後に黒のガーネットを注ぐかもしれない。全身で満足感を示すグルルルという音を発するほどのハーフ・アンド・ハーフを。ベルギーの去勢馬は大麦のような明るい色の尻尾を振ったり、ヒヒーンと鳴いたりしていると、発酵室から出てきた御者がブリキの容器をふたつ持って来て、馬にそれぞれ一個ずつあげると、馬は鍋のなかに歯を突っ込んで頭絡を引っ張りながら、ごくごくと飲めるだけ飲み、そのあと、ビールの最後の一滴まで味わおうとして頭を上げた。飲み終えると、容器を脇にやって歓喜のいななきをあげ、蹄で地面を搔き、足の裏からはかすかな閃光が光っていた。御者は笑みを浮かべて私のほうに向かってうなずいたので、私もうなずくと、馬も一緒にうなずいた。古株の醸造職人が膝を曲げて荷役ホームのところから私にマースを手渡したので、私は泡の香りを嗅いでからうんとうなずくと、ペピンおじさんが歌いはじめるのだった。「オー、菩提樹よ、オー、菩提樹よ!」

助手が声をかける。「ヨゼフさん、国民劇場で『プシェミスル』でも歌うことができたら、名誉なことじゃないか?」

ペピンおじさんはうなずくと、沸騰したピッチのスプレーに樽を置いた。前掛けが涙で濡れているなか、助手は話を続けた。

「初演には、ビール醸造所の皆がバスに乗って、プラハに駆けつけますよ、そのためには練習は欠かしちゃだめです、今乗せている四分の一のケグの代りに、ハーフサイズのものを胸においてあげますよ」

「百リットルがいい、いや、二リットルでもいい、そう、カルーソーとマジャーチェクが上演しているところに行ってやるさ」

「ハーフ・アンド・ハーフね」ビールの容器のほうを向いてそう言ってから、私はすこしビールをすすると、マースのビールまるごと飲みたい気持ちになるのを抑えながら、白のラガーと黒のガーネットが混ざったビールをゆっくり、いとおしくぐいぐいと飲んだ。職人さんたちがいうところのムトゥラを、ゆっくり、そっと飲んだ。そう、夏の夕方、ビール醸造所から離れたライ麦畑のはずれに腰かけた誰かがビューグルで切ない歌を、誰に聞かせるでもなく、ただ自分のために演奏している。その人は瞳を閉じて、真鍮の取っ手のついたきらきらと輝く楽器を震わせ、夜になるまで頭をすこし傾けて、自分のために切ない歌を演奏している。その人の演奏と同じくらい、ゆっくり、そっと、私はビールを口にした。

助手は頭の上で手を振った。「ヨゼフさん、誰が劇場の特等席に坐るか、想像したことがあるかい？　弟さんと奥さん、それにヤンダーク市長。そう、取り決め通り、若い娘たちのふくらはぎがエレガントでしまりのあるものになっているか確認するためにバーに足しげく通っているひとだよ。それにしても、お前さんの家族、父上、母上が息子の晴れ舞台を見ずにこの世を去ってしまったのは残念だね！　見ることができたら、どんなに喜んだだろう！」

　ペピンおじさんは泣き出し、前掛けで涙をぬぐいながら、うんうんとうなずいていた、助手は容赦なく話を続けた。「公演が終わったら、女の子たちが花束を投げてくるにちがいないね、ヨゼフさんや、それればかりか新聞記者たちも質問してくるはず、『マエストロ、その才能はどこで手に入れたのですか』って、ヨゼフさん、そうしたら、なんて答える？」

「神からの授かりものだよ」声を張り上げたペピンおじさんは両手で顔を覆って泣いていた。回転台の樽は回っているあいだに充塡穴から柔らかい粘液が流れ、樽が回転していくと樽の周りに青い輪っか、紫の輪、ネオンのネックレスができていた。

　助手は得意げに話をさらに続けた。

「それから新聞記者には、声楽の技術を習ったのはオーストリアの大尉フォン・メルジク〔メルジークのドイツ語的な表現〕からだと教えてあげないと、若い頃にウィーンのオペラ座で歌っていた人物だって……」

　助手が言い終わらないうちに、おじさんは両手を振りながら反論した。

「ばかな！　陛下は、タバコ商人なんぞをオペラ座にお雇いになるわけがない、あるとしても、せいぜい便所が関の山だ、いや、それもありえん話だ。いいか、今度、メルジークの店の前を通りかかったら、窓から一発ぶん殴ってやる！」

　助手は回っていた樽を止めると、胸のあたりに煙がもくもくとあがり、さらには顔のほうまで達した。そして、助手がまた言った。「でも、メルジークはこう言っていたよ、今度会う時のために胡椒を用意しているって、ヨゼフが身を屈めたら、目に胡椒を吹きかけてやるって、それからこうも言っていたよ……」

「なんて言っていた？」ペピンおじさんは叫んだ。

「俺は好きなだけお前さんをいじって、あとは走って逃げおおせるって。このビール醸造所までお前さんを蹴り飛ばすことができるって」助手は勇気を振り絞って最後まで言った。

「なんだと？　オーストリア兵士として称号を授かりそうになったが受け取らず、大尉にサーベルを手渡したこともあるこの俺様を蹴り飛ばすだって？　よし、タバコ屋に行ったら、奴を橋からラベ川に突き落としてやる！」おじさんは声を張り上げ、樽を抱えると膝の上に置いて噴射針のところに当てようとしたが、充塡穴はスプレーを通り過ぎ、ペピンおじさんは足のレバーを踏んだ。私はマースを返そうとして荷役ホームに置いて口を拭いた。そして、この黒のガーネットが混ざったラガーのせいで、私はまぼろしを見ているのかもしれないと思った。助手、かしら、通りがかりの機械工、それに、追加された酵母をシャフトで回転している老ジェパ、こういった人たちが皆、踊りはじめ、ジャンプしたり、ほっぺたをつねったり、足を叩いたりして、まるでモラヴィア・スロヴァキア人が不思議な人物を模して踊っているかのようだった。けれども、老ジェパは取っ手から手を離さずにシャフトをたえず回していて、顔をつねったり手を振ったりしていて、黒い球、酵母を炒る円筒の容器を回し、取っ手を引いて円筒を燃え盛る石炭の熱さの外に置くと、ほかの職人と同じく飛び跳ねたり、何千匹もの蚊に刺されたようにふくらはぎを叩いたりしていた。

助手は声を張り上げた。「ヨゼフさん、ピッチを止めて！」

ペピンおじさんは足踏みをしていたが、心はここにあらずといった様子で、すこし間を置いてから足のレバーを踏んだ。その瞬間、私は目にした。熱いピッチの細かいしずくが針から四方八方に飛んだかと思うとしぼんでしまい、雑穀、黄金の米、害虫といった細かいものをまき散らす細い枝が、細い琥珀の枝が、突然、ビール醸造所の庭に舞う埃となって垂れ下がっていった。職人たちは乾きつつあるピッチのしずくを頬や手の裏から剝がそうとしていて、むすっとした表情を浮かべて大きな窯の脇に立っているペピンおじさんを眺めていた。窯は始終ザーと言ったり、ガタガタと音を出していた。横に曲がった煙突からは短く太い炎が出ていた。ペピンおじさんはやけどした指を擦りながら、地面を見ていた。

そして、かしらが言った。「さあ、皆、仕事に戻るぞ、ヨゼフがバーの娘さんたちをすぐに訪問できるようにしてやろう」と。

9

流行の発端は、ホテル・ナ・クニージェツイーだった。兵士たちがなにか機器を運び込み、校長たちは朝の六時に生徒を集合させた。各種団体も全員整列し、時間が進むにつれ、大ホールには興味を持った人たちも集まるようになった。兵士たちは町の人たちに電話の受話器のようなものを耳にあてる、すると、その受話器からはウーと低い音が聞こえ、それからブラスバンドの音楽が響き、《コリーン、コリーン》が繰り返し演奏されていた。その音楽は、擦り切れたレコードの演奏みたいなひどい音だったけれども、今耳にしている音楽はなにかというと、プラハで同時に演奏されているものが空気を通って無線で演奏され、糸のようになって私たちのこの小さな町の受話器の耳にたどり着いたのだった。これを耳にしたひとがホテルの裏口から出ていくと、無線なのに、クモフのコリーン楽団の演奏が聞けるなんて、と驚嘆し、広場を抜けて目抜き通り、スヴォボダさんのパン屋の下のほうまで伸びている行列をたどって帰路につくのだった。ラジオをまだ聞いたことのない人たちは、革命的な発明を体験した人たちが驚きながらも幸せいっぱいの表情を浮かべて歩いていているのを見て、いっそう待ちきれなくなり、ホテル・ナ・クニージェツィーの表玄関に通じる行列が早く進むのを待ちわびていた。

服飾店のオーナーのクニージェク氏は弁が立つ人物で、脚立を持ってくるよう見習いに言いつけると、その脚立に乗って町の人たちにひと演説ぶつのだった。「善良なる市民の皆さん、これから皆さんがお聞きになる発明品、それは、我々の商売党が、一年、いや二年後にはできるだけ安く、すべての家庭、すべての家族に行きわたるよう働きかけているものです。誰もが自宅で音楽を楽しめるだけではなく、ニュースも聞くことができるようになります。先走りするつもりはありませんが、この発明によって、プラハ発のニュースばかりか、ブルノからのニュースも聞けるようになるかもしれませんし、もしかしたら、プルゼンからの音楽も聞けるようになるかもしれません、さらに言えば、ウィーン発のニュースも、音楽もです！」脚立にのったクニージェク氏はこう話した。

石炭と薪を手押し車にのせ、町中に配って歩いていたザーラバさんが見習いとともに脚立の前を通りかかると、クニージェク氏の話が耳に入った。ザーラバさんは手押し車の上の横木に駆けのぼり、クニージェク氏を指差しながらどなりたてたので、助手が手押し車を持ちあげる羽目になった。「いいですか、皆さん、こいつはプチブルなんです！　頭にあるのは、行商で売り歩く十分度秤《ばかり》のことだけ！　町の皆さん、この発明は、町と町のあいだの理解を可能にするばかりか、民族間の理解をも可能にするものです、そう、全人類に手を差し出すものとして、このラジオを歓迎しようじゃありませんか！　すべての大陸、すべての人種、すべての民族間の理解が可能になるのです！」ザーラバさんは声を張りあげて、両手を上にあげた。手押し車の取っ手のところに立っていた見習いは、薪の切れ端が歩道に捨ててあるのを見つけると、それを拾おうとしてすぐに駆け出してしまった。そのせいで手押し車は反対側に持ちあがり、ザーラバさんは石畳の上にどすんと落ち、近くにいた私はどうにか避けることができた。

プラハのブラスバンドとホテル・ナ・クニージェツィーにいる私の耳のあいだの距離が縮まったのを体感し終えるとただちに私は自転車を漕いで急いで家に向かい、スカートを脱いでテーブルの上に置き、ハサミを手にして、膝があたる箇所でスカートの生地を切ると、私の仕立屋さんならこれでボレロが作れるはずだと思うほどの生地が余った。針を手にしてスカートの縁取りをすると、ほとんど熱にうかされながらスカートをはき鏡の前に立って自分の姿を見てみた！　長さを縮めた私は十歳若返っていた。一回転してみると、ガーターはもっと上げなければならないのがすぐにわかり、私の足は今まさに美しくなり、ひざ裏の腱の美しい影、神のような親指の茶色い指紋は、大きな驚きと興奮をもたらすにちがいないと思った。なかでもフランツィンが私のこんな姿を見たら、髪の毛の先まで赤くなり、品のある女性なら、こんなスカートをはかないはずだってつぶやくのもわかっていた。中庭に駆け出していって自転車に飛び乗ると、ビール醸造所からクシージェクへと向かった。心地よい風が膝の周りをそよそよと吹いて私のガーターに触れ、スカートの丈を詰めたせいでゆったりと自転車を漕ぐことができたけれども、唯一の難点は、スカートがめくれあがるたびに膝のあたりを手で押さえ、片手で運転しなければならなかったこと。ホジャテフの道路からはインディアン・バイクに乗ったクロパーチェクさんが姿を見せた。クロパーチェクさんはいつもと同じくサイドカーに陣取り、片足をハンドルに置き、片手でハンドルの端のアクセルをコントロールしていた。それはたから見ていても楽しい光景だった。ビール醸造所を出発すると、すぐにバイクからサイドカーに移り、浴槽にいるかのように足を投げ出し、快適に家路につくのだった。そのクロパーチェクさんは、曲がり角だというのに素足の私の膝をじっと見ていたせいで、カーブを曲がれずにサクランボの果樹園に突っ込んでしまった。私はそれをいい前兆だと思って橋を急いで渡り、ホテル・ナ・クニージェツィーに近くなってようやく速度を緩め、発明品を待つ行列をゆっくりと追い越していった。その時、クプカ校長が話をしていた。「私にはよくわからんが、あの機械が人類に幸せをもたらすことはないだろうね」行列に並ぶ人たちは皆、ホテル・ナ・クニージェツィーで待ち受けているもののことなど忘れ、私の膝を、私の短くなったスカートのほうに視線を向けるようになり、そこにいる誰もが、ホテルの玄関ではなく、私のほうを振り返って見るのだった。クプカ校長は傘で私を示しながら、学部長にこう言った。「ほら、その結果があれだ！」けれども、学部長は私にお辞儀して、こう言った。「露わになった女性の膝は、聖霊のもうひとつの名前」菓子屋の前で止まると、地面に靴をつける前にワイヤーに引っかからないように髪をまとめ、それから自転車を壁に立てかけた。歩道を歩いていると、水着で歩いているような気がした。

ナヴラーチルさんの菓子屋で、クリームロールを四つ包んでくださいと注文し、そのうちの一個はすぐに手に取って、薄いかけらがブラウスに落ちないように身を屈めて口に入れようとしたその瞬間、品のある女性はクリームロールをそんな風には食べないよ、とフランツィンの声が耳に入り、歯のないナヴラーチルさんは気をつけながら笑っていた。暗い店内からでも私のシルエットを外にいる女性たちが見えるように、私はあえてショーウインドーの近くに立った。青いリボンで結ばれた菓子箱を受け取り、支払いを済ませると、ナヴラーチルさんはドアを開けてくれ、そればかりか自転車のスピードが出るまで、私の髪の毛がうまく風に乗るように一緒に伴走してくれたので、私は思いっきりペダルを漕いだ。片手でハンドルを握り、もう一方の手の指に菓子箱を引っ掛け、後ろでは、エンジンをふかした時に蒸気船のレギュレーター内の美しい真鍮の球がふわっと上昇するように私の髪が舞いあがっていた。私は道の正面だけを見ているようなふりをしていたけれども、通りの両側の歩道には、カムシャフトの関節のように交互に上下する私の素足の膝に見とれている人や嫌悪感を丸出しにした人など、いろいろな人びとの眼差しを感じることができた……

ビール醸造所に着いてすぐに犬小屋に向かうと、かわいい子犬のムツェクが駆け寄ってきた。長い尻尾をぱたぱたと振りながら。身を屈めた私の掌を目を閉じたままぺろりとした。私は物置に行って斧を取ってくると、箱を開封してムツェクにクリームロールを勧めた。初めのうち、どうしたらいいかわからなかったようだけれども、私がにこりと微笑むと、ムツェクはクリームロールを食べはじめた。むしゃむしゃと食べているあいだ、私は、ムツェクの尻尾をどれくらい短くしようかしらと心のなかで考えていた。ムツェクの背後に板を置き、尻尾をつかんで板の上に置くと、ムツェクはさっと回転したので、私は撫でながら、クリームロールをもうひとつ差し出した。ムツェクはクリームだらけになった口で、私の手、斧の柄の部分をぺろりと舐めると、二個目のクリームロールを食べはじめた。私は板の上でムツェクの尻尾の位置を調えると、一撃で長い尻尾を切断した。クリームロールを半分口にしたムツェクはそのままの状態でうっと口ごもってしまった、けれども痛みは相当なものだったのか、クーンと吠えたり、ぐるぐると回りはじめ、砂糖の泡だらけの口で、血が滴っていた尻尾の付け根をつかまえようとした。こんなことをしたのは私ではない誰かだと思ったのか、ムツェクは私の手と残った尻尾を交互に舐め、私は撫でて慰めてあげた。「ムツェク、痛いのは今だけだからね、これであなたも美男子になれるの、これが流行なのよ、あるべき姿なのよ、見て！」私はぱっと立って短くなったスカートを見せたけれども、ムツェクはクーンと呻くだけだった。すこししか尻尾を切ることができなかったので、もうすこし切ったほうがいいのかしらと思い悩んだけれども、ムツェクは短くするなんて、そんなこと耳にもしたくないといった様子で、私がもういちど板の上で尻尾を押さえて、好きなだけクリームロールを買ってあげると約束しても、ムツェクはさっと逃げ出し、切られて残った尻尾を口にくわえ、そのまま事務所に向かい、御者が出入りするのに合わせて、会計室に入っていった。

しばらくすると、片手に三番のレタリング・ペンを、もう一方の手に尻尾の残りを手にしたフランツィンが事務所から飛び出してきた。ムツェクは入口の一番下の段のところで物置や犬小屋にむかってキャンキャンと吠えていた。小屋から自転車に乗り、事務所の前を通りかかると、ちょうどグルントラート博士がビール醸造所に到着したところだった。会長の雄馬の尾は短く切られ、たてがみもトリミングされていて、博士は馬から下りて手綱を御者に渡し、私のスカートをちらりと見てこう言った。「これからはあらゆるものを短くしなければならん、限界はないも同然。さあ、支配人、労働時間を短縮しよう、来月から土曜は半ドンだ、仕事は十二時まで。居酒屋との距離は、我々が直接向かえば縮めることができる。君の乗っているオリオンを売り払って、車を購入しよう。そうすれば時間を短縮でき、ビールの売り上げ増に貢献するはずだ。イヴァン！」グルントラート博士は御者を呼んだ。「私の救急箱を持って来ておくれ、あの犬にばんそうこうを貼って、止血してやるんだ」

その日の午後、フランツィンはオリオンに乗ってプラハに出かけた。私はこの機会を利用して、就業時間終了後に、ペピンおじさんのいる部屋を覗きに行ってみることにした。明かりの灯った電球の下で、ペピンおじさんは、膝をついた大柄な職人の手を引っ張っていた。職人は膝をついているというのに、立った状態のおじさんと同じくらいの背丈だった。おじさんは険しい表情を浮かべて、大声を張り上げた。「自制が効かなくなったら、どうなるか見せてやる！　オストラヴァのパンチを一発くらわしてやるからな！」

大柄な職人は手を合わせて頼み込んでいた。「ヨゼフ兄さん、わしの妻を寡婦にしないでくれ、子どもたちを父《てて》無し子にしないでおくれよ！」

輪になって周りを囲んでいた職人たちはしずかに笑い声をあげていたが、なかには、我慢ならず廊下に飛び出して壁に額をあてたり、拳で漆喰《しっくい》を叩いたりしながら、笑い声を押し殺している者もいたが、一旦むせおえると部屋に戻ってくるのだった。

ペピンおじさんは電球の下で仁王立ちになると、大きな声で言った。「よし、はじめるか！」

床にひれ伏していた大柄な職人に突進すると、ペピンおじさんはハーフネルソンをかけ、職人を床に押し付けようとしたが、さっと職人が立ちあがっておじさんを打ちのめしてしまい、ダウンさせた。そこにいた誰もがどっと歓声をあげたり、手を叩いたりした。そしてペピンおじさんが職人の首をつかもうとすると、職人も背後をとられるにまかせ、しまいには膝をつき、そこにおじさんがフルネルソンをかけようとしたところ、職人はすっと立ち上がって技をかけられたまま部屋中を歩き回り、おじさんを子どものように扱うのだった。けれども、ペピンおじさんは興奮した様子でこう叫んでいた。「我らがフリシュテンスキー〔二十世紀初頭に活躍したレスラー〕と同じく、わしの勝ちだ！」と。

　職人はもういちど膝をつくと、おじさんとともに宙返りをした。その時になってようやく、ふたりのレスラーはくるぶしまで伸びる長い白い下着をはいていて、くるぶしのところで紐で結ばれているのがわかった。大柄な職人は宙返りをして、ペピンおじさんを床に叩きつけ、頭の上に乗っかった。それでも、おじさんはまだ大声を張り上げていた。「さあ、負けを認めるんだ、あがいても無駄だぞ、すっかりお前の身体を押さえ込んでいるからな」

　大柄な職人はさっと立ち、ペピンおじさんの首とくるぶしをつかんで回転すると、そのまま一緒に倒れてしまった。ペピンおじさんはまた叫んだ。

「お前と一緒に一回転してやったんだ、フリシュテンスキーが黒人相手に戦ったときのようにな」

　そのあと、職人が力を抜くとペピンおじさんが相手の肩を取った、職人は笑いをこらえきれず、フッフッと涙を流しながら笑い出したと思った瞬間、おじさんは相手を床に倒し、酵母職人が膝をつき宣言したのだった。

「ヨゼフ、またお前さんの勝ちだ！」

　ふたりのレスラーは立ち上がり、おじさんはお辞儀をするとにこりとし、自分にしか見えない観衆に向かってお辞儀をした。

「明日はリターンマッチだな」酵母職人はそう言うと、顔を缶のなかにうずめた。

「ヨジンおじさん」私は声をかけた。「ちょっとこっちに来てもらえるかしら、のこぎりを貸してほしいの」

ペピンおじさんは呼吸を整えながら頭を振り、自分の寝棚から毛布を投げ下ろした。緑のベッドの足もとには、下着も、服も置いてあった。頭の部分が垢で汚れた長枕を動かすと、その長枕の下にはいろいろな箱があって、糸巻やら不思議ながらくたが置いてあった。そこからおじさんは鍵を見つけると、棚を開け、《アロイス・シスレル　帽子と革製品》と書かれた紙袋を取り出し、金の紐飾りと《ヴィリブス・ウニティス》〔オーストリア海軍の戦艦名〕と綴られた金色のエンブレムのついた、きれいな船乗りの白い帽子を取り出した。

「これは、シスレルのおやじさんがわしだけのために縫ってくれたものだ、わし以外のほかの誰にも縫ったことのない代物だ！」

そう言うと、きれいな船乗りの白い帽子をかぶり、下着姿のままで立ち上がり、背後にはベッドがあり、足元には蹴飛ばされた下着が、頭の部分にはなんだかわからないがらくたの荷があった。

「ヨジンおじさん」私は声をかけた。「きれいなベッドだから、シーツでも縫おうかしら？」

「どうしてもっていうならな」おじさんはそう言うと、素早く服を着た。

職人たちはその周りで立っているか、坐っているかのどちらかで、床を眺めたままなにも言わずにいた。ペピンおじさんとのお楽しみの真っ最中に私が邪魔しにやってきたのを残念に思っているような風だった。これは、私が参加することのできない、かれらだけの娯楽であって、私とかれらのあいだには、一部屋に八人が寝ているこの部屋と、ビール醸造所の支配人のフランツィンと私がふたりで使っている三部屋と台所のあいだには越えられない壁があった。フランツィンはもしかしたらビール醸造所の所長にまで昇進するかもしれない、けれども、かれらは一生、年金生活を迎えるまでずっと職人のままなのだ。ペピンおじさんは棚を閉めると、船長か、上官だけに許されるこの帽子をかぶる幸せを感じて、顔を輝かせていた。

「みなさん、おやすみなさい」私はそう言って、部屋をあとにした。

醗酵室の角で吹いてくる風に近づくと、風が電気を奪ったかのように、ビール醸造所や家畜小屋の角の電球は弱くなっていた。おじさんの帽子は石油ランプの乳白色のシェードのように輝き、突風で飛ばされないように、おじさんは帽子をしっかりとつかんでいた。そればかりか、私のブークレ織のバスタオルがふわっと飛んでいった時のように、ペピンおじさん本人もふわっと浮かんでいきそうだった……ペピンおじさんは帽子をけっして離そうとせず、むしろ、帽子と一緒に、ビール醸造所の煙突や風見鶏のある暗闇のほうにジグザクに飛んでいくのを歓迎しているのは、私にもわかっていた。私が部屋のランプをつけ、おじさんが樽職人のかしらから借りたのこぎりを運び込むと、私は椅子を倒し、おじさんと一緒に椅子の足を短くしようとした。といってもいっきに短くするのではなく、仕立て用の巻尺で毎回測りながら、十センチ短くするだけ。テーブルを横に置くと、ペピンおじさんが話しはじめた。

「なあ、いいかね？　毎回毎回、巻尺で測ってどうする？　まずひとつ脚を切って、そのあと、その切った分の脚をほかの脚に並べる、そうすりゃ、その長さにあわせて切れば済む話だろう」

私はどっと笑った。「ペピンおじさん、警察官になれるわよ、そんなに頭がよかったら」

ペピンおじさんはすぐに叫び返すのだった。「警察なんてやめてくれ！　そういやあ、アドルフのおじさんは一か月ほど警察に勤めていたんだが、ある容疑者を追跡したときの話だ。建物を捜査員で包囲して、いざ台所に踏み込んでみると、そこにはおばあさんがひとり坐っているだけ。捜査課長が『奴はどこ行った？』とたずねると、『根こぎにでかけたよ』とばあさんは返事した。課長は隣の部屋のドアを蹴って開けると、開いた窓越しに、容疑者が斜面を駆け下りていくのが見えたので、すぐに『追え！』と指示を出して、まっさきに窓から飛び降りたのはアドルフ、だがそこは肥溜めで、首まで肥料につかっちまったんだ。まあ、そこからどうにか出て、リボルバーを手にした同僚と森に駆けていき、容疑者を取り囲むと、奴《やっこ》さんもリボルバーを持っているじゃないか、銃を捨てろって説得を試みたものの、一歩でも動いたら発砲する、と答えるばかり。情状酌量の余地があるから、せいぜい半年の刑ですむはずだ、と課長がどうにかこうにか一時間かけて説得すると、奴は銃を置いてね、指揮官は鼻高々で手錠をかけ、バスへと連行していった。で、アドルフが警察車両に乗り込もうとしところ、『そんな肥まみれの恰好じゃあ、車に乗せられないよ』と言われ、どうしようもなくて、オストラヴァの外れまで歩いていくことになっちまった。だけれども、そこでも路面電車への乗車を断られ、自宅までとぼとぼと歩いて帰っていったそうな。だが帰宅したらしたで、今度は家主のおばさんから『こんな服は洗濯できないわ』と言われてね、アドルフはクリーニングに出すことにした。引換券をもらって、二週間後に受け取りに行ってみると、店内はお客であふれんばかり、なかには知り合いの女性が何人もいる。いよいよアドルフの番になって、店長のおばさんに引換券を渡した。顔を真っ赤にして戻ってきた店長は、洗濯物の入った袋をアドルフの目の前にばんと置き、アドルフにこう叫んだんだ。『おもらししたなら、自分で洗いなさいよ』って。そこで、アドルフはすごすごと家に帰ったそうな……」

おじさんが話をしているあいだ、私はにやにや笑いながら、ペピンおじさんの指示に従って椅子の脚を切って十センチずつ長さを縮めていた。ペピンおじさんは話を続けた。「アドルフはほんとについてない奴で、居酒屋にいったときの話さ、歯医者が何人か酔っぱらっていて、アドルフを呼びつけたんだ。一緒に呑んでいるうちに、アドルフも、歯医者のほうも上機嫌になり、ある歯医者が酔った勢いで、いきなり、別の歯医者の前歯を引き抜いちまったんだ。そればかりか、歯を抜かれた歯医者は、酔っぱらっていたアドルフの奥歯を全部抜いちまったんだと。まあ、その居酒屋には、動物を去勢するような連中がいなかっただけでも、アドルフは幸運だったのかもしれんが」

「それは、きっとすごい痛さね」私はそう言うと、切った脚を最後の脚に合わせてのこぎりをあて、楽しく切り続けた、ペピンおじさんはさらに話を続けた。「でも、アドルフは軍事教練に行くことになってな、たしか、トゥルチャンスキー・スヴァティー・マルチンか、どこかだ。機関士の教育を受けていたアドルフおじさんのところに、ひとりの衛兵と曹長が送られてきたんだ。あるとき、軍が刊行している新聞に目を通していると、ヘプの兵舎前の道路を舗装する必要があるという回状を見つけてね。アドルフにそこに行くようにと指示と一時金が出され、アドルフおじさんは衛兵とともに地図を頼りにヘプに向かった。出発したのは春。それから、ひと夏かけてスロヴァキアを横断し、秋にはモラヴィアの境界をまたぎ、そのあとスピードが段々ゆっくりになっていった。というのも、日曜毎に帰宅していたんだ。ひと秋かけてモラヴィアを横断し、隠密でトゥルチャンスキー・スヴァティー・マルチンの兵舎を訪ねてみると、例の曹長が首を吊って自殺したという。なんでも、広場に大砲が放置されたままだったらしく、誰がそうしたかは誰もわからなかったので、その大砲を倉庫にしまったところ、大砲がひとつ余計にあったんだと。アドルフは衛兵とともにチェコスロヴァキア全土を横断し、春には、すでにプルゼンにたどり着いたが、石炭がなかったので、どうにか恵んでもらった薪で暖を採り、森から離れていたときにゃあ民家の柵を燃やすこともあった。アドルフおじさんはとてつもなく遅れをとっていた、というのも、衛兵と乗るのは、週に一度だけになっていてね、日曜日にオストラヴァの自宅に戻るのに三日かかり、そしてまた衛兵のところに立ち寄るのに三日かかり、ヘプの部隊にたどり着いたのは翌年の夏だった。衛兵とアドルフのふたりはともに拘束され、事情聴取が終わってから、アドルフおじさんはコシュンベルク城の監視に配属されちまった。コシュンベルクではながいあいだなにもすることがなかったので、城のガイドの娘と恋に落ち、さらには結婚し、そこで衛兵のように銃を携えた姿勢で立ち続けていた。それから三年が経ったある日、自分のことが忘れられていると思ったおじさんは制服を脱ぎ捨て、銃を置いた、そして、今の今でも、ガイドをしているらしい……」ペピンおじさんは直立すると、脚の最後の切れ端が落ちた。

私はランプを手にして、十センチ短くなった椅子がどうなったか見てみようと思い、サイドボードの近くに持っていってみた。脚を切った椅子をおじさんと一緒に置いてみると、驚きのあまり、私は目を見開いてしまった。台所に行って、しばし敷居のところに立ちつくし、果樹園の梢越しに醸造所の煙突を眺めてから、ようやくその場に戻ることができた。

ペピンおじさんは指を組み合わせていた。

「どうする？　どうしようもないわよね、ヨジンおじさん」私はおじさんに頼んだ。「書棚から、ベネシュ・トシェビースキー〔十九世紀のチェコ作家〕の選集を何冊か持ってきてくださる、いい？」

椅子を置いてみた。私とペピンおじさんは、暗闇のなか、十センチを四回分切ったけれども、じつは毎回十センチの切れ端を同じ脚に当てていたのだった、つまり、私たちは、同じひとつの脚を四十センチ分切ってしまったのだ……なくなった脚の代わりにペピンおじさんが持ってきた選集を置いてもまだ足らなかったので、シュミロフスキー〔十九世紀のチェコ作家〕の『パルナシア』を加えて、バランスを取ることにした。

遠くからガタガタという音と轟音が聞こえた。オリオンに乗ったフランツィンがズヴィェシーネクの森を抜けてやってくる音で、喧騒と騒音は徐々に大きくなっていき、フランツィンがオリオンの部品すべてを投げ出したようだった。私は事務所のほうに駆けていって門を開け、フランツィンがビール醸造所の敷地内に入ってくると、長旅の時にはつねに持参している踏込式の小さな旋盤がサイドカーのなかで揺れていた。バイクはうちのドアのほうへ曲がってきて、フランツィンは眼鏡を外して革のヘルメットを取ると、早く家に入るようにと指で合図をしたので、なにかプレゼントを買ってきたのだとすぐにわかった。台所で待っていると、フランツィンは事務所の廊下から寝室までなにかを引きずりながらやってきて、しばらくのあいだ、そこでなにかこそこそとし、それから台所に入ると、手をこすってにやりとし、ペピンおじさんの肩を撫でた、私はフランツィンに抱きつき、いつものように、上着やズボンのポケットというポケットをくまなく探った。フランツィンがにやりとする、その姿はとても魅力的だった。いったいなにを隠しているのかしらと考えるとじれったくなって声を出した。「きっと、指輪でも、イヤリングでも、時計でも、宝石でもなくって、もっと大きいものでしょう?」フランツィンは上着を脱ぐと、手を洗いながら頭を振った。手を洗っている時に、私は居間のドアを指差しながらたずねた。「あそこ？」フランツィンは、うんとうなずいた……けれども、わざとゆっくりと着替えて、靴を磨かなければならないとか言ってじらすので、もう我慢できないから部屋に入るわよ、と強く言わなければならなかった。フランツィンは指をあげて、瞳を閉じるように合図をすると、私を居間に連れていき、そこに私を立たせた。するると音楽が聞こえてきた、テナー歌手のきれいな歌声だった……《私の心は君のために花咲くよ……私のハワイ、白い花……》瞳を開けて振り返ってみると、フランツィンは燃えているランプを手にして立ち、ボックス型の蓄音機を照らし出してから、ランプをテーブルに置くと、一緒にダンスしようと私を誘い、腰に手をあて、もう一方の手で私の手を握り、ふっと息を吸い込むと、ゆっくりとした歩みを踏み出した……《別れを告げても、奴はきっと戻ってくる……》私はびっくりした、踊りが下手だったあのフランツィンがタンゴのステップを見事にこなし、私が身体をすっと寄せると、フランツィンは私の両足のあいだに足を大胆に入れ、私たちはうまく組み合わさり、フランツィンの顔をよく見ようとしてすこし身を離し、それから頭を肩に置いたりした。そしてターンの瞬間がやってくると、フランツィンはリズムに乗れず、ちょっと間を置いてから後ろに下がってタンゴを続けようとした。バックはうまくできたものの、リズムがずれてしまい、不安定になってしまった。一旦ダンスを進めたまま身動きをとめ、そして一回目のスリーステップにうまく乗ると、また床の上を見事に滑り、もうターンもしたくなければ、私から離れてステップを踏むのも嫌になったようで、フランツィンの靴が熱いアスファルトのせいで遅くなったかのように、部屋の隅から隅まで長いステップで踊るばかりで、隅まで行くとまたぎこちなくターンをして、またリズムに合わせてステップをする、けれどもまたターンを試みることはなく、私から離れたかと思うと、自分の足元のステップをじっと眺めていた。私にはわかっていた。ステップはあっている、でもフランツィンには大事なものが欠けている、それはリズム。さらには、スピンまでやってのけるのだった。その時、頭にぱっと浮かんだ、きっとプラハでダンス教室か、個人レッスンに通ったにちがいないって。スピンの出来はあまりにも見事で、髪の毛が床につくほど私の上体を傾けることができていた。また私を自分のほうに戻す動作もうまかった、ただダンスのステップという糸が音楽という針の穴に通ることはなかったけれども……テナーの美声が歌を終えると、音楽は静かに終わりを告げた……フランツィンは笑みを浮かべるのをやめ、くずおれるように椅子に坐ろうとした。タンゴがうまく踊れなかった、そのことを考えると息が切れ切れになったのだろう。以前、ある仮面舞踏会で、私はビール醸造所の煮沸担当の若いクレチカさんと踊ったことがある。その人はチェロを巧みに演奏し、実務学校で四年間学んだ人だったが踊りも上手で、ほかの踊り手が踊りをやめて私たちふたりを取り囲むと、私たちは芸術家のペアのように、つながった二本の車軸のように動作を完全にシンクロさせながら踊ることができた。かたやフランツィンは柱の後ろでひとり坐り、床を見ていた。

「ハヴルダの居酒屋のヴラスタとは」ペピンおじさんが話し出した。「よく踊ったものだ、けれどもちょっと変わった具合でな、つまり、普通より速いテンポなんだ。ヴラスタはわしにマーテルを注ぐと、こう聞いてくるんだ、『ヨゼフさん、なにを演奏しましょうか』って、わしは答える、流行の曲を一曲！――どういうの？――作曲家ブンダのものを、いわゆるゴベリネクだとね、お相手させてもらえるかな？　フランツィン、すこし早目にしてくれ！　ちゃんとしたダンスがどういうものかよく見とくんだな！」

ペピンおじさんは手をとると、フランツィンが速度レバーを動かしたので、早回りの映画で女性が走っていくように、速いテンポのジャズの演奏が始まった。ペピンおじさんがお辞儀をし、私もお辞儀をした。それから額を近づけてきたので、私も額を近づけると、突然、おじさんはリズムに合わせてターンをした、手を握りながらターンしたり、背を向けたり、おじさんは片足を上げてねじったり、靴やふくらはぎを動かしたりして、それから手を離したかと思うと掌でパンと叩き、あまりにもはやく手を回転したので、素早く糸を巻きつけているようだった。それから腰に手を置くと、あちらこちらに足を振り上げ、私も真似してみた。でも、足首がぶつからないよう、反対の向きに足を動かしていた。それからターンすると、私の腰に手を置き、髪が漆喰につくのではと思うほど天井高く持ちあげ、音楽のリズムにあわせてあちらこちらに私を運び、鼻は私のへそに埋めたままだったが、私を身体から放すと、私をターンさせて背中で触れあった。なにかの束のように肩にのせられると、私はおじさんの腕に身体を固定し、次々と前後に身体を揺らした。倒された十字架から身体をまっすぐに戻すかのように、それから、おじさんは私を遠ざけ、私の周りをリズミカルな早足で駆け回ると、いきなり私のほうに向かってフルーレの選手のように突くポーズをしたので、私もその真似をした。ダンスは正確だったけれども、まったく先が読めなかった。でも、つねにリズミカルで、ほかのどのダンスよりも、動作が音楽の間を見事に埋めているようだった。おじさんはジャンプをすると足を広げ、床に着地すると開脚し、股間が裂けるのではないかと怖くなるほどで、私は右や左にお辞儀をするだけにした。それに対し、おじさんは靴の左足の先や右足の先に交互に鼻をつける姿勢をし、それから突然天井に吸い上げられたかのようにジャンプして足を伸ばし、すばやく私を肩にのせ、また肩から床に下ろすのだった。私は靴の踵で天井のほうに線を引き、フランツィンは私をじろりと見ると、にこりとし、それから台所へと向かった。ぬるいミルク入りのコーヒーのマグカップを片手に持ち、もう一方の手で乾いたパンのスライスをつまみ口に入れると、私たちをちらりと見た。スピードが速まったタンゴは終わり、テナー歌手も歌い終えた……《別れは告げても、奴はきっと戻ってくる、私のハワイ、白い花、君を夢見て》……ペピンおじさんが私をエスコートしおえると、手に口づけをし、私の手を握ったまま四方に向かって深くお辞儀をし、おじさんだけに見える大ホールのほうにもお辞儀をして、部屋の隅々に投げキッスをした……私はテーブルの近くに歩いていくと、先ほど切ったばかりのテーブルの切れ端につまずき、足首を挫いてしまった。

「兄さんは」フランツィンは言った。「ハーモニーって何か知らないんだね」

私は大きな叫び声を張り上げて倒れ込むと、二度と立てなくなってしまった。

その晩、ムツェクは発狂してしまった。管理人のひとが、夕暮れ時に物置の鎖に縛りつけなければならないほどで、それでも、ムツェクは、クリームロールとしっぽの痛みの因果関係が納得できなかったようで、最新の流行に乗って、美男子になるのはとっくにあきらめ、ただただ狂おしく吠えるのだった。口にも泡がつくようになったけれども、それはクリームロールの泡と狂気が入り交じった泡だった。真夜中、フランツィンはブローニング銃に弾を充填して中庭に向かった。一発、二発と銃声が聞こえたので、窓のほうにふらふらと近づいてみると、懐中電灯に照らし出されたムツェクの姿が見えた。鎖をピンと引っ張り、短くなったしっぽのことはわかった、もう発砲しなくとも、すべてを受け入れます、と後ろ足だけで立ち、前足で懇願していた。フランツィンは充填した弾をすべて撃ち放ったが、ムツェクは倒れることはなかった。その姿はかつてない感動的なもので、後ろ足だけで立ち、前足で宙を掻いていた。私がムツェクにしたことは、死に値する罪なんだと悟った。よろめきながらソファにたどりつくと、私は泣き出してしまった。発砲は、私を非難しているように思えたので、耳栓をはめることにした……そして銃声が鳴りやんだ。ムツェクはもう死んだかもしれない、でも、最後の最後の瞬間まで、なくなったしっぽを振っていたはず。今撃っているのは主人とはまったくの別人だと思っていたはず。私や主人のフランツィンがこんな痛みをもたらすなんて、動物として理解することなんてできなかったはずだから。ブローニングを手にしたフランツィンは戻ってくると、服を着たまま、ベッドに身を沈めた。フランツィンも泣いている、私はそう思った。

10

ながいあいだ夢見ていた妻を、家でおとなしくしている品のある妻を、フランツィンはついに手に入れた。今日いる場所も、明日の居場所もわかり、いてほしいところにいる、病気じゃないけれども、窯や椅子やテーブルに向かう時はいつもふらふらと歩いていく、そんな女性。負担に思う、そんな女性。というのも、フランツィンにとって、私に感謝されることが結婚生活でこの上ない喜びだったから。私のために朝食を作り、正午には一緒にバイクに乗ってレストランへランチを食べにでかける、そういうことをして私に感謝されるのが嬉しくてたまらなかったのだ。それだけではなく、どれだけ私のことが好きか、私の世話をするのがどんなに嬉しいかも体で表現してくれる。あのひとが私をあまりにも世話してくれるので、逆に私も同じようにあのひとのことを世話しなければならないほどだった。フランツィンの夢、それは私が毎年のように扁桃炎や風邪になり、そして時には肺炎にかかること。そうなると、あのひとは無私の喜びを感じる。フランツィンほどの世話焼きはほかにはいない。あのひとにとっての宗教、地上の天国だった。冷たい水に濡らしたシーツで私をくるもうとして、シーツを手にして私の周りを駆け回り、生きている私に防腐処置を施すようにシーツをかける。そのあと私を抱き上げると、女の子が人形を置くようにそっとベッドに置いてくれる。そして一時間に一回、事務所から飛び出してきては熱を測ってくれ、二時間に一回は湿布を取り替えてくれる。そんな時、フランツィンは心のなかで祈っていたのにちがいない、つまり、あのひとが私を必要とするのと同じように、ひとりでは起き上がることができない私がこれからもフランツィンの手助けを必要とする赤ん坊でいますようにって。もちろん、本心から望んでいたというわけではなく、運命がほかの選択肢を選ばないのであればという条件で祈っていたのだろう。回復期に入ると、私はすこしずつ歩いたり、心から笑うようになり、そして礼儀知らずの女性が私のなかで優勢になっていくと、フランツィンはまた自分の殻に閉じこもるようになってしまった。病気で動けなくなった私を車椅子で押し、夜には『ナーロドニー・ポリティカ』紙を私のために読み上げる光景を思い描くようになった。そうやって、偶発的なことや予想外の出来事、摩訶不思議な出会いといったものを愛する、野蛮で健康的な私の性格に対する複雑な感情とどうにか折り合いをつけていたのだ。私に比べて、フランツィンは秩序と規律をこよなく愛するひとで、正しい道は反復によって示されると考え、予測可能、統制可能であることがフランツィンの人生であり、それは彼が信じようとした世界であり、それなしでは生きていくことができなかった。

そして今、私はベッドの上できらきらと輝くギプスの包帯を足首にしている。もう長いあいだ動けず、せいぜい松葉杖や杖で歩ける程度でしかなく、まるでジョセフィン・ベイカー〔米国出身の歌手・ダンサー。一九二〇年代後半以降、パリで活躍〕がチャールストンを踊っているようなポーズを取っていた。

私が足首を痛めたのはこの上ないタイミングだったのだろう。私が駆けずり回っている時には、フランツィンはひとつのキャッチコピーすら書き上げることができず、三番のレタリング・ペンで四角い紙に次々と書いては、ビールの売上げ促進の広告文は暖炉のなかに消えていった。けれども、今、私の白い脚がクッションの上に横たわるようになると、フランツィンは台所や居間を歩き回るようになり、ぬるいコーヒーを飲んだり、乾いたパンをかじりながら、ふと夢を見たかのようにティーカップを手にしたまま立ち止まり、横目で見たまぼろしに心を揺り動かされたのか、カップとパンを置いて腰かけ、三番のレタリング・ペンで居酒屋用の標語をカリグラフィーのように描き、書き終わると、私が見えるように画鋲で壁に紙を張りつける。もし私が元気であっても病人のように振る舞いさえすれば、フランツィンはすぐにでも有限会社ビール醸造所の所長に任命されるかもしれないのだと、わからせるために。私が病気になっていれば、仕事や人生へのそういった熱意が湧いてくるのだよ、と。フランツィンは霊感を得るべく、一週間のあいだにミルク入りのなまぬるいコーヒーを百リットル飲み、そのおかげで、レタリング・ペンで記しグラフィックな処理を施したキャッチコピーが壁一面を埋めるまでになっていた。

「ビールが進めば、悩みは減って上機嫌に」――「あなたの疲れをビールが癒します」――「ビールがないと切なくなり、ビールを飲めば少女のような赤い頬に」――「ビールなしでは、生きていけない」――「ビールは意欲減退の特効薬」――「飲めば飲むほど元気になる」――「健康、活力、爽快感――すべてはビールのなかにある」――「楽しくなりたきゃ、ビールを飲みな」――「もうひとつの人生が居酒屋にはある」――「われらのよきビール、万人の飲物」――「ビールを飲めば、人生もスムーズに」――「居酒屋にも通わず、ビールを飲まないですって、健康に悪いですよ」――「家でも、旅先でも、ビールはあなたを爽快に」――「ビールを飲めば、いつでもリフレッシュ」――こういった霊感を得て嬉しくなったのか、フランツィンはコーヒーを一杯注いでから、レコードをかけた……《海のはるか彼方に、魅惑的な国が、ハワイという名の……》それから這うようなステップでタンゴを試み、楽観的な思いに心が満たされたのか、あるいは、近い将来に予定されている出来事を思い浮かべて嬉しくなったのか、夜には部屋に鍵をかけ、《私のハワイ、白い花》をかけ続け、なにかあるたびにモダンダンスの教本を手にして外出し、にやにやしていた。堪能し終えると部屋に戻るのだが、闇のなかに見える鍵穴はギプスをはめられた私の足のように光っていた。フランツィンは、ステップ、足形をチョークで書いていて、基本的なステップだけではなく、戻るステップやターンも含めて、靴底の跡がたどるコースをチョークで記していて、

《ハワイ》のリズムとメロディーにあわせてその足跡の上を辛抱強く動いていたのだった。ステップがうまくいってとても嬉しいのか、日中、私が窓越しに中庭を見ていると、フランツィンはなにかをことづけに煮沸室にでかけた折にふと歩みをゆるめ、タンゴのステップを刻んだり、ターンしたり、バックしたり、軽く手を上げてモダンダンスを踊り続けていた。あのひとが自分の足を見ている様子を私は見ていた。あのひとが途方に暮れているのは私にもわかった。できることなら、ステップをチョークで道路にも書いていただろう……でも意気消沈するどころか、夜になるといっそう力をいれ、チョークが描かれた絨毯に隙間を見つけ、《ハワイ》を百回も演奏しているレコードのリズムに合わせようとするのだった。毎晩、フランツィンはオリオンのバイクからバッテリーを外して高周波の電流に接続する。裏地が赤いビロードの小さなケースは硝子の装置がうっすらと光っているのだけれども、フランツィンはその光を私の足首に当て、高周波の閃光が石膏を通り抜け、そのあと私の服を一枚ずつ脱がしていき、気がつくと私はほとんど裸になっていた。高周波の電流はとても気持ちがよく、細かい光を放つマッサージの筒は私の両足に力を与えてくれ、背中の神経も強めてくれた。フランツィンはこう囁くのだった。「美しさを高める最良の手段はね、マリ、今手にしている、この高周波の電流だよ、これが美しさを維持してくれるんだよ……」夜になると、私は紫のマッサージを受けるのを心待ちにした。果樹園のほうからは雷や何かがショートしたにおいが漂ってきて、男のひとの美しい声も聞こえた。サテンの服を着たイロウトさんは大砲から飛び出てきたような声を出していて、手を脇に置き、発作的に微笑を浮かべながら、ビール醸造所の上のほうへ声を発しているのが壁越しにもわかった……《いとしい人はもういない……わたしのいとしい娘は》……今頃、イロウトさんはお辞儀をしようと地面に向かって手を広げたり、下にいる観衆に向かってバラを投げたり、投げキッスをしているはず。フランツィンは私の手に鉄の電極をあて、黒いボタンを押して電源を入れ、催眠術師のように私の身体の上に掌をあて、フランツィンの手が動く先からは掌でスーと音を出しながら閃光がぱちぱちと破裂して紫の粒の雨が降ってい て、フランツィンの掌からは何千もの勿忘草やスミレが身体のなかに入り、建物にぶつかって反射したオゾンと光の香りが私の上に浮かんでいき、ギプスに埋もれた足首は青い反射光で輝いていた……《いとしい人はもういない……ヌィンブルクの川に消えていった……》イロウトさんはトランポリンに落ちてひょいと飛ぶと、青いサテンのドレス姿でお辞儀をする……私の身体も電気の浸透する香りを発するのを感じ、私はスースーと息をつき、全身からは後光を発していた。鏡に映った自分の姿を眺めてから体を伸ばして横たわると、紫のぱちぱち、スーという音は私が羽織っている唯一の下着のようなもので、裸である実感はまったくなく、ツルニチソウの布で覆われているように感じた。フランツィンのカウチの襟や白いカフスも、私のギプスの足のように輝いていた。フランツィンも、私と同じく、仰向けになって目の上で腕を組み、息を吐き出していた。高周波の儀式の時はどこかばつが悪かった。そのことについてフランツィンとは言葉を交わすことはなかったけれども、禁じられた何かをふたりで犯そうとしているかのように、私たちはなにも言わずに準備をした。フランツィンが黒いボタンを反対方向に回すと、私たちはそれぞれ別の方向を眺めた。それぐらい素晴らしかった。もし誰かがランプを手にしてこの部屋のなかに入ってこようものなら、フランツィンは気を失ってしまうはず。だからだろうか、フランツィンは部屋の鍵をかけ、ブラインドとカーテンを下げ、念のために外も見回り、窓をたえず見ていた。指を震わせながら私のブラウスのボタンを外し、ギプスの足首に注意を払いながらスカートを下ろしていく様子を覗いている者がいないか気にかけながら。私の前に膝をつき、美容《コスメティック》マッサージをしながら宇宙《コスモス》に達する様子を覗く者がいないかって。

11

今日、グルントラート博士がやってきて、濃い紅茶を入れてくれないかと私に頼んできた。昨晩、実家で風邪を引いてしまったとのこと。カバンからハサミを取り出し、私のギプスを切っているあいだにもくしゃみを何度もして、しまいには切っている最中にハサミを指に持ったままうつらうつら眠ってしまうほどだった。ぐっすり眠っていたので、私はおもわず先生のヴェストのポケットから金の時計を取り出して時間を確認すると、また時計をもとの場所にそっと戻した。正確に動きをこなすよう動作に細心の注意を払いながらも、ある興奮を覚えていた。盗みの試みそれ自体が私自身だった。壁の時計を見れば何時かわかるのに、私は自分で確認したかった。自分は小心者なのか、それとも、ぱっと思いついたことをすぐに行動に移せるのか。そう、まだいける。ポラックさんの服飾品店にボタンを買いにでかける時も昼下がりのほとんどひとがいない時間を狙ってでかけ、ポラックさんがカウンター下のケースを見ようとして前屈みになるやいなや、私はカウンター越しに手を伸ばし、子ども用の偽物の時計を手に取ってみる。ポラックさんがもとの姿勢になると、無垢な表情を浮かべながらポラックさんを見て、私の盗みのことなどまったく知らずにいるのをポラックさんの瞳から読み取ると、私は別のボタンを注文する。ポラックさんが身を屈めると私は素早く時計を戻し、またもとの姿勢になると、私はにやりとする。自分がすこし成長したように感じ、この盗みによって、そのあとに芽生える後悔の念をおぼえながらほっとしてふうと息をする。店から出ると、私の背中に大きな翼が生え出し、翼で戸枠をこすると羽毛が後ろで落ちていき、ポラックさんは膝をついて羽毛を集めている……グルントラート博士はくしゃみをすると目を覚まし、白い包みをそっと開けるように私の包帯を取っていった。そのあと、私の足首を触診して、博士はこう言った。「これでまた、いたずらができるようになりますな……」そしてくしゃみをした。私は杖を突きながら、ティーカップを運んだ。私が自分の足で立とうとしたら、おもわず膝ががくりとしたので、「自分の足じゃないみたい！」と言うと、グルントラート博士は「いいえ、奥さんの足ですよ、一週間もすれば、自在に……ハ、ハクション！」と気持ちを込めてくしゃみをした。「先生」と私は声をかけた。「なんか息苦しいんです」「なら、ブラウスを脱いで」博士はそう言ってから、紅茶をすこし啜った。それから私の背中に耳をあて、博士の耳はいつも冷たく、まるで小さな硝子の灰皿をあてられたようだった。天気が暖かいと、博士の耳はいっそう冷たく感じた。私の背中を指でトントンと叩いて、深呼吸するようにと命じ、少年たちが電柱の陰でそば耳を立てるように、人差し指で私の背中を叩くと耳をそっと私の背中にあてた。髪の束をほどいてみると、先生はまた眠っていた。私の髪に埋もれ、まるでシダレヤナギの下のベンチですやすやと寝ているようだった。一度、グルントラート博士の邸宅の近くに出かけてみたことがある。建物全体に影を落としているというヤナギが本当にあるか、確認するためだった。もうだいぶ前のことだが、博士の奥さんのもとに、大佐がブランデイスから馬に乗って通っていたころの話だ。その頃のグルントラート博士はまだ若く、おそらく身体もがっしりとしていたはず。ある晩、予定よりも早く帰宅したグルントラート博士は一階で銃を取り出し、奥さんのいる寝室のドアを蹴飛ばしてなかに入ってみた。すると目に入ったのは、二階の開いている窓から大佐が逃げ出そうとしているところだった。博士が狙いを定めようとしているうちに、大佐はガタガタと音を立てながら窓枠から飛び下り、まっさかさまに深い夜のなかに飛び込んだばかりか、萎れたライラックや開花したジャスミンの茂みに落下してしまった。けれども、グルントラート博士は落下しつつあった大佐のブーツ目がけてどうにか弾丸を放つので精いっぱいだった。ほかの弾丸は窓枠を満たしていた青い夜に浮かぶ星空目がけて放たれていった……ある晩、この光景が目に浮かび、目が覚めて眠ることができなくなってしまい、この美しい出来事とグルントラート博士を結びつけて想像することができず、いつもほかの誰かを思い浮かべていた。代わりにはっきりとしたイメージが持てたのは大佐のほうで、銃撃を受けたブーツを履いたまま馬に飛び乗り、馬から地面すれすれに身を屈めながら、ブーツからヤナギの枝を取り出し、枝を地面に次々に差していく光景がまざまざと浮かんだ。その枝は今では大きなヤナギの木となっていて、嵐や激しい風の夜には想い出が生きているかのようにヤナギの枝が家の窓という窓を叩くのだという。グルントラート博士はもう一度人差し指で背中をトントンと叩いたが、おそらく自分が眠りこけていたとはゆめにも思っていないのだろう。埃にまみれた鉱夫のように叩いていた。後ろを振り返って紅茶をすこし飲み、私が服を着ているあいだ博士は黙々と処方箋を綴っていると思ったら、博士の黄金の万年筆が突然動きを止め、数秒のあいだ眠りに落ちると、また目が覚めてしゃきっとして私の胸の薬の処方箋をどうにか書き終えた。それから私は声をかけた。「先生、うちの夫から自慢の品のことはお聞きになりました?」――「いや、見せてもらえるのかね」博士はそう言うと、紅茶をすこし飲んだ。私はテーブルの上の箱を開けた。「いったい、これは何だね? どこで手に入れたのかね?」博士がたずねた。「プラハです、先生、お風邪ですか、これはほんとうにきれいでしょう、国歌の一節のようでしょう、『岩肌にさざめく松』……」私が答えると、博士は言った。「使い方はご存じなのかな?」私が答える。「先生、簡単なんですよ……いいですか」プラグを差し込み、黒いボタンを回し、ブラシのついたチューブを神経にあてると、ブラシから紫のおがくずがシューと音を出し、博士は指の関節をあてると、くったくのない笑みを浮かべながら言った。「詩のようだね、しかも誰にも害を及ぼさない、その上、奥さんみずからしてくださるとは、嬉しいかぎり……」電極、スプレー付きのオゾン吸入器を手に取ると、私はお願いした。「先生、ソファの上に横になってもらえますか……」博士がソファに横になると、私はベージュのカーテンを下ろした。粉が舞うような暗さのなか、放電され紫になった茂みは神経用の特殊な電極からシューと音を出しながら、ソファに横たわる博士の禿げ頭をゆっくり照らしていた。仰向けになった博士はパチパチと音を出し続けている棒を握っていて、私はスプレー付きのオゾン吸入器の準備をした。ユーカリのオイルにメンソール・エッセンスを混ぜ合わせたものをオゾン吸入器用の詰め物に滴らせ、鼻孔に入れる二叉《ふたまた》状のガラスをチューブに捻じ込み、先生から神経用のブラシを受け取り、スプレー付きのオゾン吸入器を陰極に差し込み、輪っかを回すと、空っぽのチューブはユーカリの油で滴った綿を通過したネオンガスで充ち足りていった。私はソファのまえに膝をつき、博士の鼻孔に装置をそっと近づけて、声をかけた。「先生、こうすればきっと良くなりますよ、うちの夫は風邪にならないよう、いつもこうやって吸入しているんです……『岩肌にさざめく松』みたいでしょう、オゾンの、樹脂の香りをお感じになって？　この青い、放電しているネオンの炎はそれだけで癒されますよね、青の色、それは、人生のあらゆる出来事を穏やかにして神経を落ちつかせ、流れを緩やかにしてくれるんです……」そう話すと、吸入器用の油に充ちた美しい装置を片手で持ち、右手でゆっくりとゴムのつまみを回し、オゾンと吸入器の油の部屋に空気を注入した……グルントラート博士は、これ以上ない笑みを浮かべながら、私が口にした言葉を一字一句幸せそうに繰り返した。その時、事務所のロッキングチェアがカタカタと音を出しているのが聞こえた。ドアの鍵がかちゃっと開き、すっかり血の気の引いたフランツィンが部屋のなかに入ってきて、そっと声を出した。「なにをしているんですか？」私はすっかり恐くなり、ゴムのつまみをぎゅうと握ってしまった。博士は私の言葉を反復できず、ただ「……岩肌にさざめく松……」と口にすると突然坐り直し、うっと呻き声をあげ、顔中がこわばって突然若返ったかのようにぴょんとジャンプをし、ふざけたように足を動かしながらドアノブを手にすると、そのまま外に飛び出していってしまった。フランツィンは両手を合わせて博士の後を追いかけようとして声をかけた。「会長、失礼しました！」けれども博士は足を動かしながら麦芽製造所に駆けていき、なかに入って階段を下りて発芽室のほうに向かい、大麦の山を掻きわけながら横断していった。呆気にとられた職人たちはスコップを手にしたまま立ち尽くすほかなかった。会長は湿った麦芽のなか膝をついているフランツィンにかまうことなく、呻きながら屋根裏の階段をのぼっていき、乾燥した麦芽の山の周りを通り抜けても鼻の痛みは治まらなかったので、最上階まで駆けのぼり、大麦を乾燥させている部屋のなかに、六十度の熱のなかに突進した。すると今度は、一階下りて連結橋を渡って煮沸室に入り、容器の周りを何度も駆けまわってから階段をおりて発酵室に向かった。フランツィンは会長のあとを追いかけていた。発酵室から出てきたグルントラート博士は若いビールを冷やす冷却室に向かい、フランス窓を開けて、ヤネバンダイソウの花が咲いている冷蔵庫の屋根に上がった。フランツィンはきれいな黄色い花のなかに膝をつこうとするも、グルントラート博士は呻くばかりで、また階段を下りて煮沸室に向かい、そこから中庭の門を通って中庭に向かい、さらに家畜小屋を目指していった。その様子を目にした従業員は、「こんにちは、会長！

こんにちは、支配人！」と声をかけるのだが、先生は果樹園を過ぎても、あいかわらず足をばたつかせ、しまいには開いていたドアからわが家の台所、そして居間に入ってきて、ソファに倒れ込むと大声を張り上げた。「いったい、これはどこで買ったのかね？　教えてくれんか！」スプレー付きのオゾン吸入器を入念に観察し、臭いを嗅いでから言葉を発した。「まったく、おせっかい焼きの奥さん、ここになにを入れたのかね？　岩肌にさざめく松、かね？」博士が鼻眼鏡をかけると、私は瓶を手渡した。ラベルを読んだ博士はすぐに声を上げた。「まったく、おせっかい焼きの奥さん、十倍に薄めるのを忘れているじゃないか！　わしの粘膜を焼いてくれたよ……ハクション！」グルントラート博士がくしゃみをすると、フランツィンが膝をついて、「お許しいただけますか？」と言って手を差し出した。すると、会長はこう言い放った。「立ちなさい、いいかね、私は会長なんかよりも、ビール醸造所の支配人になりたいものだ……」そう言って時計をちらりと見ると、私の手を取り手の甲に口づけをして、こう言った。「親愛なる奥さん」そう言って辞去すると、コールタール、消毒液、ユーカリの匂いをあとに残し、領主のように颯爽《さっそう》と馬車に飛び乗っていった。まるで今日起きたすべての出来事から力をもらったようだった。その時、私は目のあたりにしたのだ！　建物全体を覆うあのシダレヤナギの出来事は、耳にした通り実際に起きたものだったのだ、と確信した。博士は馬車に坐り、手綱を御者から受け取ると、琥珀色の吸い口にタバコの火をつけ、ほかの男性には真似できない素振りで明るい色の柔らかい帽子を額にのせた。手綱を手にして多少若返ったのか、ウィーンから到着したばかりのような様子で背筋をぴんと伸ばし、尻尾とたてがみが刈りこまれた去勢馬に乗ってビール醸造所をあとにした。御者はというと、どこか後ろめたい笑みを浮かべながら、ランドー馬車の後部のフラシ天の座席でだらしなく坐っているだけだった。自分が後ろめたい気持ちを感じながらフラシ天の座席に坐っているというのに、主人はどうして嬉々として馬車を運転しているのか、御者が理解することはないだろう……フランツィンは、部屋中を歩きながら、脳に指を突っ込んでいた。

12

時計を見てみると、ボジャ・チェルヴィンカが、ちょうど地回りを一周終える時間帯だった。お手頃価格で野菜を買い求め、思い通りの買い物に気を良くして自由広場に立ち寄って、二デシリットルのベルモットと五百グラムのハンガリー風サラミを注文する、さらにグランドホテルに寄って、小盛りのグラーシュとプルゼンのビールを三杯飲む、一周の締めにミコラーシュカの薬局を訪れ、知り合いと話をしながら、コニャックを三杯飲みほす、けれどもボジャの機嫌がたいそうよく、お値打ち価格で野菜を買って二コルナ浮いたので、大きく一周することにし、ナ・クニージェツィーでブラックコーヒーとジャマイカのラムを頼み、それからルイ・ヴァントフ社の特別なカウンターの椅子に腰かけ、スープ用のカリフラワーやら野菜をうまく買えたことの締めくくりとして、少量のキルシュを飲むのだった。

フランツィンはかりかりしながら事務所に行ってしまったので、私は足を引きずりながら玄関口に向かい、自転車を引っぱり出して町に出かけることにした。まだ痛みの残る白い足でそっと漕ぎ出すと、足首はペダルを踏むたびに力を取り戻したかのようになった。自転車を壁に立てかけ、仕事場をちらりと覗いてみると、ボジャは回転椅子に横になってうたた寝をしていた。私はなかに入り、空いている椅子に坐った。サクランボの種の匂いがしたので、ボジャは大きく一周し、最後にグリオッテの店に寄ってきたにちがいないと思った。「ボジャ」と声をかけてみた。「どうしました？　奥さん」ボジャはびくっと目を覚まし、ハサミを手にしてチョキチョキと動かしてみせた。「ねえ、ボジャ、髪を切って欲しいの」ボジャはさきほどよりもびくりとした。「どのくらいですか？」と口ごもりながらたずねた。「そうねえ、ボジャ、ジョセフィン・ベイカーくらい短くしてほしいの」ボジャは髪の毛を手にのせて重さを測ると、目を丸くした。「古きオーストリアの遺産であるこの髪をですか？　『私、アンナ・チラーグ、モラヴィアのカルロヴィツェ出身』の広告のような髪の毛を？　だめですよ！」ボジャは侮辱されたかのようにハサミを放り出し、椅子に坐って手を組むと、こわい顔をしながら窓の外を見つめた。「ねえ、ボジャ、グルントラート先生も、馬のたてがみと尻尾の毛は切っているし、ノミを退治するうえでも、モダンなカットだって、私に勧めてくれたのよ」ボジャは耳を傾けようとしなかった。「奥さんの髪を切るのは、聖餐式のあとで聖体《ホスチア》に唾を吐きかけるようなもんです！」――「ねえ、ボジャ、宣誓文を認《したた》めておくから……」

「せめてそうしてください」ボジャはそう言うと筆記具を持ってきてくれ、私は四つ折判サイズの紙に、まるで手術を受けるかのように記した。私は自分の意志により、また自分の了解のもとで、自分の髪の毛をボジャ・チェルヴィンカ氏によって切ってもらうことをここに誓います、と。ボジャは紙をぱたぱたと振って乾かすと、カバンのなかに丁寧に入れ、白い刈布を広げ、私のあごの下まで引っ張り、頭を倒してからハサミを手にした。それでも、しばらくのあいだ躊躇しているようだった。サーカスの円蓋のなかで、芸人が危険な演目に挑戦する前にドラムロールが響く、そんな一瞬だった……そして、ボジャは、チョキンチョキンとたった二回で私の髪の束を切ってしまった。まるで頭が胸まで下がったように私は気が楽になり、うなじに風が通るのを感じた。ボジャは髪を回転椅子に置くと、今度はバリカンを手にして巻き毛やたれ髪をカットし、そのあとハサミをチョキチョキ動かし、ボジャは一歩下がっては作業中の彫刻家のように私の頭を眺め、そしてすぐにまた彼のハサミは集中して作業に取り掛かった。私が頭をあげて、鏡に映る自分の姿をこっそり見ようとすると、ボジャは私のあごを鎖骨のほうに押しつけて作業を続けた。汗を垂らしはじめたボジャの頬がきらりと光るのが見え、ジャマイカのラム、キルシュ、そしてコニャックの匂いが、あまり快適とはいえないビールの雲のような匂いと混ざり合って漂いはじめていた。ブラシに石鹸をつけ、見てはだめですよと私に指示し、私が自分の姿を見ようとしようものなら、私の頭を押し戻すのだった。でも、喜びが、あの興奮した微笑がボジャの顔に広がっていくのがわかり、そしてカットも順調に進んでいるのが見て取れた。うなじに石鹸をつけ、のどのあたりを剃刀《かみそり》で剃り、私の髪を湿らしてから剃刀でざくっと切った。突然、私は口に苦々しさを感じ、心臓もバクバクと脈を打つようになった。もう髪を後ろでまとめることはできない、手遅れだった。そしてフランツィンの様子を思い浮かべてみた。夜、事務所の席に坐り、三番のレタリング・ペンでビール醸造所の帳簿に三つのイニシャルを記している、イニシャルの周りには巻き毛が渦を巻いていて、私の赤髪が竪琴の形を取っていく。そして、ボジャ・チェルヴィンカが私の髪に触れているフランツィンの手を切ってしまう様子、フランツィンの紫に輝くネオンの櫛をカットしてしまう様子も浮かんだ。というのも、フランツィンはあの暗い寝室で私の髪を梳かしたり、私の髪を満喫することはもう二度とないからだ。オーストリアの時代から愛していて、その髪のために私と結婚したというのに……私は目を閉じ、あごを胸につけ、しばしすすり泣いた。ボジャはそのあいだに二度ほどトントンと突いたが、私は鏡を見る勇気を持てずにいた。すると、ボジャはそっと私の口に手をあて、あごを持ちあげ、さっと一歩下がった。気配りのきく彼は、椅子をさっと回転させた……鏡に映ったのは、白いシーツを首までかけて回転椅子に坐っている若い美男子だった。でも、あまりにも図々しい表情を浮かべていたので、私はおもわず自分に向かって手をあげた。ボジャが刈布を取ると私はすっと立ちあがり、大理石のテーブルに手を置いた。自分の姿を見て、私は言葉を失ってしまった、というのも、ボジャは私の心をもカットしたかのようだったから。ジョセフィン・ベイカーの髪型、それは私だった、私のポートレートだった。私のヘアスタイルは、あらゆる人の顔に車軸のように突き刺さるように思えた。ボジャは切り落とされ、ばらばらになった髪を刈布から払い終わっていて、親切にも、私が自分自身で折り合いをつけ、自分に慣れる機会を与えてくれていた。私は坐ったまま、目を上げることができずにいた。ボジャは丸い手鏡を手にして、私の背後でかまえてくれた。楕円の鏡に映った自分のうなじを前の鏡で目にした。少年のような首筋で、そのおかげでいっきに少女時代に舞い戻ったようだった。うなじはハートの形にカットされたけれども、まだこれからいろいろと試すことができる、そう、女性であるのをやめることなく。新しい髪形は、ヘルメットのような、髪でできた帽子のような印象だった。マルチン劇団が町の劇場でファウストを上演した際、メフィストフェレスがかぶっていたようなもので、さっきグルントラート博士が私の足首からギプスを外したように私の髪は取り外し可能であるように思えた、私の髪型は足首のギプスのように私の頭にくっついているのではないかって……私はおもわず立ち上がった。髪が頭を引っ張るのに慣れていたので、前のめりになって額でボジャの鏡を割るところだった。支払いを済ませ、御礼にラガー一ケース進呈するわとボジャに約束した。ボジャはにこりとして両手を揉み、カットの出来に満足して、元気を出したようだった。「ボジャ」、私は声をかけた。「これ全部、あなたのアイデア?」するとボジャは、リア・デ・プッティのフリンジからジョセフィン・ベイカーのボブカットにいたるモダンな髪形がリストになって載っている理容雑誌のページをめくってくれた……外に出てみると、風はほとんど吹いていないというのに、突風が頭のなかを駆け抜けるのを感じた。自転車に飛び乗ると、ボジャが背後から駆けてきた。カットした私の髪を入れた紙袋を運んできてくれたのだ。受け取って、手にのせて重さを測ってみると、ゆうに二キロはあった、二キロ分のウナギを買ったのと同じ。私はボジャに言った。「ボジャ、これを後ろの荷台に載せてくれる?」ボジャは荷台のスプリングを持ちあげて髪の束を置き、スプリングで留めると、頭が後ろに引っ張られるような気がした……それから、町の大通りを駆け抜けていった。通行人が見えたり、煙突掃除夫のデ・ジョルジさんが見えたけれども、私に気づくひとはいなかった。駅に行って、出発する列車を眺めてみても、誰も私に気づかず、自転車と身体は剃髪式の前から変わっていないというのに、誰もが私を別人だと思っていたのだった。自転車のペダルを漕いで大通りに戻ってみると、スヴォボダさんのパン屋の前にグルントラート博士の馬車が停まっているのが見えた。昼下がりだというのに、カフェオレのボウルとバスケットに入った丸パンを食べようとしているところだった。それは、どこかの村での出産や胆石疝痛《せんつう》の処置を終えて帰ってきた時にかならず食べるものだった。博士が外に出ると、手綱を握りながらうたた寝をしていた御者が馬車からぱっと飛び下りた、グルントラート博士は私を見つめたので、会釈をしてにやりと微笑を浮かべてみたけれども、博士はしばしなにか躊躇している様子だった。でも決心して頭を振り、馬車に乗って出発していった。一方、御者はフラシ天の座席でだらりと坐ったままだった。私は広場を駆け抜け、疫病撲滅記念の柱の周りをぐるりと回ってみたけれども、そこにいた人びとは皆、私がまるではじめて町を訪れたかのように私のことを見ていた……生地と服飾品店カッツの前の大通りではブルドックが一匹眠っていた。そこには、黒い服の婦人の一団がいた。スカートは地面に届くようなロングスカートで、美化協会の会長をつとめる女性は音楽家と思われる男性に町の案内をしていた。男性は、社会民主党の政治家のように黒い大きな帽子をかぶっていた。以前、地面の埃をスカートで巻き上げながら、この美化協会の人たちと一緒に歩いたことがある。聖アエギディウス寺院の横側の閉じられた入口に立ち、なにもない床を眺めていた。それは、スウェーデン人とザクセン人が教会内に隠れていた市民全員を皆殺しにした大虐殺の血の塊がまだ百年前にはそこにあったことを想い起こすためだった。そのあとも、本当に美しい、歴史的にも価値のあるフォルトナ門のまえに立ったけれども、門自体を見ることはなく、サーカスの調教師クルツキーが一九一三年に象たちをラベ川で水浴びさせていた石橋のアーチの下を眺めるのだった。ゾウたちは鼻をホースのように使って、背中に水をかけていたそうだが、それは町の博物館で見た写真そっくりだった。美化協会の会長クラーセンスカーさんは想像力を蘇えらせて、町でもう目にすることができないものを見ているのだった。今、美化協会の面々は、ハヴルダの居酒屋前のアーケード下という稀に見る場所を訪問しているところで、かつてフリードリヒ大王が休憩したとされる場所のセメントの舗石を感慨深げに眺めていた。我が町が誇る最も価値のあるものはこちらです、とクラーセンスカーさんが広場の真ん中で作曲家に説明しようとした先には、ふたりの老人がベンチに坐っていて、杖の上にあごをのせていた。一八四〇年まで設置され、その後撤去されたというルネサンス様式の噴水について、会長は的確に説明していたが、美化協会の人びとの視線がそこに坐っているふたりの老人に向けられていると考えるのは早とちりだった！　会長は手ぶりを交えて説明する際、指が老人の顔の前を横切ったりしたが、彼女には、説明している美しい装飾、砂岩の花綱、半分浮彫のふたりの天使が見えていたのだった。かつて天使は噴水にも備えつけられていたが、今では町の装飾になっていた。あぁ、クラーセンスカーさん、三十年前、国民劇場のテナー歌手シッツに恋したという彼女のロマンスを知ってからというもの、今はもうなくなったものをすべて愛するあのひとのことが、私は好きになってしまった。彼女が公演後に裏口で待っていると、そのテナー歌手がやってきて、タバコの吸殻をぽいと放り投げる。クラーセンスカーさんは吸殻をピンで刺すと、貴重な聖遺物のように小さな銀の壺に保管したのだという。その頃、針子だった彼女は蘭の模様をひとつ模《かたど》るため一日中縫ったり、ボックス席のチケットを手に入れるために一週間丸々縫い続けたりしていた。そしてボックス席から一日かけて縫いあげた蘭をシッツ氏の足元めがけて投げ入れていたのだった。美しい花を投げ続けて二十回目のある日、クラーセンスカーさんはテナー歌手を待ちかまえ、愛しています、と声をかけた。だがシッツ氏の返事はこうだった、あなたを愛することはできない、長い鼻が苦手でね、と。クラーセンスカーさんはそれから一年縫い続け、給金を使って、ブルノで長い鼻を短くしてもらい、自分の腕から削除した筋肉を鼻の軟骨につけてもらい、医師はそれをもとにとても美しいギリシア風の鼻を作り上げたのだった。そして、クラーセンスカーさんはふたたび国民劇場の裏口に立ち、美しくなった彼女は高名なテナー歌手シッツ氏と言葉を交わす機会を得た。けれども、夜の散歩に彼女を誘ったテナー歌手は告白する、この一年のあいだ、あの震えるような長い鼻をした美しい女の子を探しているんだ、あの鼻を恋い焦がれ、それがなくては生きてはいけなくなってしまったんだ、と。長い鼻の女性は高名なテナー歌手の言葉に従って、鼻を短くしてもらったんです、今、あなたが目にしている鼻に整形してもらったのです、とクラーセンスカーさんは返事をした。シッツ氏は両手をあげて、叫び出した。「あの鼻はどうしたんだ！　なんでそんなことを！」そう言うと、彼女の前から去っていったという……そして今、ルネサンス様式の噴水の前に立っているクラーセンスカーさんは、私のことをじっと見ると、急に叫び出すのだった。「あのきれいな髪はどうしたの？　なんでそんなことを！」我が町を訪れている貴重な客人に私のことを指差して教えるのだった。そう、私の髪は町の記念物のひとつになっていた。自転車のペダルを漕いでいくと、ホテル・ナ・クニージェツィーで自転車を借りた美化協会の会員三人が私を追いかけてきた。嫉妬心に駆られて、ペダルを懸命に漕ぎ、私をからかおうとして追い越したり、私のことを指差しながら言うのだった。「このひと、髪を切ったのよ！」私に気づいた何人かのサイクリストは怒ったように私を追いかけ、追い越し、さらに私の前のほうに唾を吐きつけるのだった。サイクリストたちの動く垣根のあいだを通り抜けようとすると、皆、悪意たっぷりの視線を投げかけ、私を鞭打ちにした。けれども、そのおかげで私はいっそう元気になって、腕を組んで手を離しても自転車は進んでいき、ビール醸造所まで手を使わずに到着した。サイクリストたちは、自転車にまたがった姿勢のまま、看板に「麦酒造る所、栄える所」と書いてある事務所前で待っていた。すると、フランツィンが外に飛び出してきた。その後ろから美化協会の三人が姿を見せ、私のほうを両手で指差した。

「髪はどうしたんだ?」フランツィンはそう言うと、指のあいだに握っていた三番のレタリング・ペンがわなわなと震えはじめた。

「ここにあるわよ」と私は答え、自転車を壁に立てかけると、荷台を上げ、たっぷり重みのあるふたつの髪の房を手渡した。フランツィンはペンを耳にかけ、私の死んだ髪の重さを感じ、ベンチに置いた。すると、私の自転車の台枠から空気入れを取り外した。

「タイヤには空気いっぱい入ってるわよ」そう言うと、知ったかぶりをしてタイヤを触った。けれども、フランツィンは空気入れのチューブを外しはじめた。

「空気入れは壊れていないわよ」私はそう言ったけれどもフランツィンが何をしようとしているのか先が読めずにいた。

フランツィンは突然私のほうにさっとやって来て、私を抱きかかえると膝に乗せ、スカートをめくり、私のお尻をパンと叩いた。私はびっくりしてしまった、きれいな下着を着ていたかしら、ちゃんと身体を洗っておいたかしら、ほかの人から見えないように隠れているかしら？　フランツィンが私をパンパンと叩くと、サイクリストたちは満足げにうなずき、美化協会の三人はこれをお願いしたんだと言わんばかりに私のほうを見ていた。

フランツィンは私を立たせると、めくれていたスカートを下ろした。フランツィンは美しかった。おびえた馬を手なづけたように鼻の孔はピクピク震えていた。

「さあ、お前」言葉を発した。「新しい生活をはじめよう」

そういうと、フランツィンは身を屈め、地面に落ちた三番のレタリング・ペンを拾い上げ、そして空気入れにチューブを戻し、空気入れを自転車の台枠のクリップのなかに押し込んだ。

私はその空気入れを手にして、サイクリストたちに見せながらこう言った。

「この空気入れは、マサリク通りのルンカスさんの店で買ったのよ」

訳者あとがき

本書は、ボフミル・フラバルの小説『剃髪式』（Postřižiny）の全訳である。

舞台は、一九二〇年代初頭のボヘミア地方の小さな町ヌィンブルク。それは、第一次世界大戦によってオーストリア＝ハンガリー帝国が崩壊し、代わって新しくチェコスロヴァキア共和国がマサリク大統領のもとで誕生し、チェコ系の人びとが胸に希望を抱いて日々を過ごしていた時代であり、そしてまた、ラジオ、高周波治療、車といった新しい文明機器がヌィンブルクという小さな町に次々と押し寄せてくる時代でもあった。「古き」オーストリア時代の面影が徐々に薄くなり、人びとのライフスタイルが「新しい」チェコの生活へと一変していく状況を背景にして生き生きと描き出されるのが、作家の両親フランツィン、マリシュカ、おじのヨゼフら、ヌィンブルクのビール醸造所の人たちだ。フラバルは『なぜ書くか』という文章のなかで本書について次のように述べている。

この作品は、私の母、私の父、私の叔父にまつわる年代記だ。皆がまだこの世にいたら、私のタイプライターのキーをしっかりと押さえつけ、両親たちの生活という詩的なダイヤグラムを私が記録することもなかっただろう。でも、今日、私の手を押さえるものはだれもいない、また驚くべきことだが、自分も若者というよりも老人に近くなっている、そう、手遅れになってしまう危険があった、というのも、ビール醸造所について、時間のとまった小さな町について伝えることができるのは、唯一この私だけなのだから。

証言する者が次々とこの世を去ってしまった過去の時代を描くにあたって、フラバルが語り手として選んだのは、母マリシュカ（本名マリエ）。規律を重んじる慎重な夫フランツィン（本名フランチシェク）とは対照的に、やんちゃで器量もよく、そればかりかビールの飲みっぷりもいい彼女の語りによって、一九二〇年代の出来事が埃をかぶった遠い過去の話ではなく、生気あふれる物語となっている。実際、フラバルの母は、地元の町の劇団で舞台に立つなど、本書同様、人びとを魅了する才能を持ち合わせていた人物だったようだ。

マリシュカとフランツィンの仲睦まじい結婚生活に割って入ってくるのが、ペピンおじさんこと、フランツィンの兄ヨゼフ（ペピン、ヨシュコ、ヨジンは、いずれもヨゼフの愛称）。靴屋の免状を持ち、オーストリア軍にも従軍していたペピンは、朝から晩までがなり立てて話し続け、弟フランツィンに迷惑をかけることもしばしば。けれども、なにかへまをしても、裏表のない実直な性格でなぜか憎めない人物だ。二週間の予定が延び延びになって何年もフランツィンのビール醸造所に滞在したという本書の設定は、実際の出来事が下敷きになっている。

息子ボフミルが生まれる前という設定のため、作家本人が登場することはないが、几帳面でありながらもユーモアを忘れないフランツィン、人を楽しませることをいとわない快活なマリシュカ、稀代のストーリーテラーのペピンおじさん、こういった親類に囲まれて、作家ボフミル・フラバルが育まれていったのもうなずけるだろう。なかでも、ペピンおじさんの口から次々とよどみなく披露されるエピソードはフラバル文学の真骨頂とでもいうべきもので、ペピンおじさんがフラバルに与えた影響の大きさは本書の随所で感じられる。

フラバル一家が、本書の舞台ともなっているヌィンブルクで暮らしはじめたのは一九一九年のこと。一二七五年、プシェミスル・オタカル二世によって設立されたとされるこの町は、プラハから東に四十五キロ離れた場所に位置し、ラベ川（ドイツ語名は「エルベ川」）が町の中心を流れ、鉄道の要所としても知られている。今なお町のシンボルとなっているのがヌィンブルクのビール醸造所の高い煙突だ。フラバルの父は、本書にも描かれているように、そのビール醸造所の支配人を長年勤め、バイクに乗って各地へ営業活動に出かけていた。（なお、現在、同ビール醸造所で製造されているビールには《剃髪式》《ペピン》《フランツィン》《ボガン》（ボフミルの愛称）といった名前がつけられている）。

新しいライフスタイルのスローガンとして本書でたびたび言及されているのが、「短縮」であり、「短かくすること」だ。車などの新たな交通手段によって移動に要する時間が短くなり、ラジオによって人びとの距離が短くなり、さらには、スカートの丈も短くなっていく。なかでも、きわめて象徴的に描かれているのが、髪の毛を短くカットすること。本書のタイトルにもなっている「剃髪式（Postřižiny）」は、カトリックで聖職者になる際に頭髪の一部を剃る儀式のことだが、もちろん、本書ではそのような宗教的な含意よりも、新しい世界へ入るための一種の通過儀礼としての意味が強く

ヌィンブルクのビール《剃髪式》

込められている。一九二〇年代のパリで一躍脚光を浴びたダンサーで歌手のジョセフィン・ベイカーのショートカットがモダンの象徴であったとしたら、オーストリアの古き良き時代の象徴として対置されているのがアンナ・チラーグだ。アンナ・チラーグとは育毛剤の通信販売の広告で描かれる女性で、図入りの広告がオーストリア＝ハンガリー帝国内の新聞にたびたび掲載され、広告アイコンとして中東欧全域に知られていた（詳しくは、加藤有子「ポリグロットのアンナ・チラーグ」、同編『ブルーノ・シュルツの世界』成文社、二〇一三年を参照）。オーストリアのアンナ・チラーグからパリのジョセフィン・ベイカーへと参照される固有名が変わっていくわけだが、それは、マリシュカのみならず、多くのチェコの人びとの関心が西側へ、モダンなる世界へと移っていく様相をも示している。

このように本書はある時代の証言としても読めるが、堅苦しい時代描写とは縁遠いものとなっている。ランプなどの日常のオブジェを細部まで描き込むことで詩的なイメージが増幅されたり、豚を丸ごと料理するザビヤチカの風景は祝典的な装いをもたらし、また、馬や豚といった家畜たちへの温かい眼差しは動物への愛、万物への愛を感じさせてくれる。さらには、奇想天外なエピソードを披露するペピンおじさんのおかげで、なにげない日常風景がユーモアとポエジーにあふれる世界へ生まれ変わっている。

フラバルの作品全体を通してみると、本書は大きな転換点に位置している。『厳重に監視された列車』など、これまでにもフラバル自身の経験や経歴が下敷きになっている作品は少なからずあったが、登場人物は作家とは関係ない人物として描かれていた。だが本書ではフラバルの母の語りを借りて、自身のルーツを振り返る視点が導入されている。この変化は何によってもたらされたのだろうか？　本書が一九七四年に地下出版社ペトリツェから刊行された折には、本作品以外にも、四篇の短編小説が収録されていた。本作の前に掲載されていた短編「介添え人 Družička」の冒頭は、この問いかけに対する回答の手がかりとなるかもしれない。

かわいいおまえ、ねえいいかい、もういろいろなひとの話に口を突っ込まなくてもいいんだよ、おまえの肩を誰かに貸して、悩み事をたっぷり話してもらう必要はないんだよ、いいかい、痛いところにやさしく息を吹きかけたり、相手の瞳を読んで、早急に判断を下して共通の特性なんかを見出してほしくないんだよ。近しい人たちの代弁者を探す必要もないんだ、それよりも、いいかい、息子よ、耳が聞こえない振りをしたり、何も聞いていないって振りをしてみせるんだよ、迸り出る言葉に囲まれながらも、失われた青春時代の内なるモノローグに耳を傾けてみるんだ、同一性という謎に耳を傾けてごらん、おまえが足を踏みいれようとしている孤独に脅かされることはないよ、むしろ、沈黙をたよりに人びとの会話という幕の裏側に行き、沈黙の鏡と顔を見合わせるんだ。かわいいおまえ、喧騒を乗り越えて、空虚な静けさのなかに足を踏み入れてごらん、そこでは、母さんの子宮のなかにいるときと同じように、不思議なことにありとあらゆるものとおまえはつながっている、セントラルヒーティングもあれば、無限という始まりとつながっているへその緒に囲まれてね。

一九六三年発表の『水底の小さな真珠』でデビューして以来、「作家」(spisovatel) というよりは、むしろ「記録者」(zapisovatel) という視点をつねに意識して執筆していた作家にとって、作品の素材は自分自身の内ではなく、外にあるものだった。みずからの過去をある程度投影した作品もあるにせよ、そこでは、作家と人物の境界線は明確に設けられていた。だが、一九七〇年に他界した母マリシュカに――先の引用のように――声をかけられたのか、『剃髪式』以降、内的なモノローグというかたちをとっての「内省」というテーマが顕在化するようになっている。そのようなアプローチを取るようになった契機としては、フラバル自身、五十代後半に差し掛かり、年齢的に機が熟したという見方もできるだろうし、また作家の置かれた環境にも一因を見ることもできるだろう。一九六八年八月のワルシャワ条約機構軍の侵攻で「プラハの春」の試みが頓挫し、「正常化」という文化統制の路線が敷かれ、新作を出版する可能性が断たれてしまうと同時に外部の評判に左右されずに、執筆に専念できる環境を手に入れたからだ。一九七〇年に本書『剃髪式』(国内での発表は一九七六年)を脱稿したのを皮切りに、七一年に『わたしは英国王に給仕した』、七三年に『時間のとまった小さな町』、『繊細な野蛮人』、七五年に『待雪草の祭り』、七六年に『あまりにも騒がしい孤独』を続けざまに書き上げている。

なかでも、本書の続編にあたる『時間のとまった小さな町』では語り手が息子ボフミルに変わり、すべてが国有化される社会主義の時代を背景にフランツィンが支配人の座を去るなど、別の意味での「新しい生活」が描かれている。だが政治的な含意が強いと判断されたためか、社会主義体制下で同書が公刊されることはなかった。しかし、フラバルがこのテーマから離れることはなく、異なったかたちで作品を変奏的に綴っている。それが、幼いフラバルの視線を通して描かれた短篇集『美しき悲哀』（一九七九年刊）であり、年老いて老人ホームで暮らすようになった母マリシュカのモノローグで綴られる小説『アルルカンのミリオン』（一九八一年刊）であった。政治的な要素が薄められたためか、ともに国内で刊行されたほか、『剃髪式』を含む《ヌィンブルク三部作》として、『水辺の小さな町』（一九八二）というかたちでも刊行されている。このように、『剃髪式』はその後のフラバル作品に大いなる残響をもたらす作品となっている。失われた時代へのノスタルジア、内省的なアプローチ、さらには女性の語りによって、フラバルは新しい作品世界へと一歩を踏み出したといえるだろう。

＊

訳出にあたっては、フラバル全集第六巻（Bohumil Hrabal: Postřižiny, in: *Sebrané spisy Bohumila Hrabala, Svazek 6*, Praha, Pražská imaginace, 1994.）を底本に用いた。なお、本作は、イジー・メンツル監督によって、一九八〇年に映画化されている。

最後になったが、素晴らしい水先案内人の松籟社・木村浩之さんには心からの謝意を表したい。

二〇一三年十二月二十六日　フラバル生誕百周年を前にして

阿部賢一

［訳者紹介］

阿部　賢一（あべ・けんいち）

1972年東京生まれ。東京外国語大学卒業。カレル大学、パリ第4大学留学を経て、東京外国語大学大学院博士後期課程修了。現在、立教大学文学部准教授。専門は、中欧文化論、比較文学。

著書に、『イジー・コラーシュの詩学』（成文社）、『複数形のプラハ』（人文書院）、『バッカナリア　酒と文学の饗宴』（共編著、成文社）など。

訳書に、ボフミル・フラバル『わたしは英国王に給仕した』、ミハル・アイヴァス『もうひとつの街』（ともに河出書房新社）、ペトル・クラール『プラハ』（成文社）、ラジスラフ・フクス『火葬人』（松籟社）、パヴェル・ブリッチ『夜な夜な天使は舞い降りる』（東宣出版）などがある。

〈フラバル・コレクション〉

剃髪式《ていはつしき》

2014年3月28日　初版発行　　定価はカバーに表示しています

著　者　ボフミル・フラバル
訳　者　阿部　賢一
発行者　相坂　一

発行所　松籟社（しょうらいしゃ）
〒612-0801　京都市伏見区深草正覚町1-34
電話　075-531-2878　振替　01040-3-13030
url　http://shoraisha.com/

印刷・製本　亜細亜印刷株式会社
カバーデザイン　安藤　紫野

Printed in Japan

Ⓒ 2014　ISBN978-4-87984-327-2 C0397